きのした魔法工務店

異世界工法で
最強の家づくりを

Bunzaburou Nagano
長野文三郎
ill. かぼちゃ

KINOSHITA MAHO K
isekai koho de saikyo
no ie dukuri wo

第一章　異世界に快適なトイレを

家は己《おのれ》の城である。

エドワード・コーク『インスティチュート』より

まだ新しいクラスに馴染《なじ》めていなかった高校三年生の四月。

僕は自分の居場所を探している最中だった。

陰《いん》キャ？　陽《よう》キャ？　僕はそのどちらでもないと思う。

陽気に騒《さわ》ぐのもいいし、趣味《しゅみ》の合う仲間とオタ活をするのも大好きだ。

ただ、常になにかがしっくりきていなかった気がする。

陽気でも陰気でもない僕という人間を、単純な二極化でカテゴライズするのは無理があったのだ。

強《し》いて言えば蝙蝠《こうもり》キャラ？

どっちつかずの浮いた十八歳。

どこにも完璧《かんぺき》には馴染めず、自分の居場所を探すような存在、それが僕だ。

KINOSHITA MAHO
KOUMUTEN
isekai koho de saik
no ie dukuri wo

そして、そんな僕は異世界にやってきてもやっぱり、みんなとは少し毛色が違うような存在だった。

社会科見学のバスが事故に遭《あ》った。

山の中に本社を移《うつ》した、なんとかいう企業を見学するための移動だった。

事故の原因はわからない。

とにかく、僕たち三年二組の二十四人を乗せたバスは急坂の急カーブを曲がり切れず、ガードレールを突《つ》き破り、深い谷へとダイブした。

こんなところで僕は死ぬんだ、そう思った。


ところが、気が付くと僕たち二十四人の生徒は見知らぬ場所にいた。

なんだかお城の大広間みたいなところで、ファンタジーアニメに出てくるキャラクターみたいな人たちが僕たちを取り囲んでいた。

「おお……、召喚は成功です。史上初の同時英雄召喚でしたが、二十四人もの異世界人を召喚することができました」

長いローブを着たお爺《じい》さんが静かに興奮している。

僕らは訳も分からずに周囲を見回すが、大勢の兵士や、きらびやかな服を身にまとった人々に囲まれて声を出すこともできない。

だけど、まずはアニメやラノベ好きが気付いた。

「まさか、異世界転生……」

「それを言うなら異世界転移じゃね？」

どっちでもいい、問題はこれが現実であるかどうかだ。

ひょっとして僕は夢を見ているのだろうか？

だけど、夢というには目の前の光景はリアルすぎる。

最新のゲーム機だってこうはいかないだろう。

とにかく知りたい。

これはどういうことなのかを。

だけど、それを質問する人はいない。

こんなときこそ大人に頑張ってもらいたいのだが、どういうわけか先生もバスの運転手さんもその場にいなかった。

先ほどのお爺さんが一歩前に出てきた。

「異世界の皆様、どうぞ落ち着いてください。事情をご説明いたしますので、どうぞこちらへいらしてください」


反抗する者は誰《だれ》もいない。

クラスでいちばんやんちゃな竹ノ塚《たけのづか》さえ、おとなしく指定された席に座った。

「私は宮廷魔術師長のラゴナ・エキスタと申します。我々《われわれ》はこのたび、皆様を私たちの世界へお呼びするために大召喚魔法を執《と》り行《おこな》いました」

「大召喚魔法ってなんですか？」

クラス委員の平井《ひらい》が質問した。

平井の冷静さと大胆さはこういうときには大助かりだ。

「簡単に言えば、違う世界の人間をこちらの世界に連れてくる魔法ですな」


生徒たちはザワザワと話し始める。

とりあえず身の危険がないようなので安心したのだろう。

私語の音は次第に大きくなっていった。

やがて、またもや平井がエキスタさんに質問を投げかけた。

少し興奮しているようで席を立って拳《こぶし》を握《にぎ》りしめている。

「突然召喚と言われても困りますよ。僕たちには家族もいるし、未来があります。自分だって受験を控えているんです。もとの世界に帰してほしいのですが……」

エキスタさんはウンウンとうなずいている。

「皆様にもそれぞれの人生があることは存じております。我々が皆様を勝手に召喚したと誹《そし》られても仕方がないことでしょう。もちろん帰られたい人は帰ることができますよ」

僕たちは一気に安心した。

ここがどういう世界かはわからないけど、二度と日本へ帰れないということはなさそうだ。

ところがエキスタさんは残酷《ざんこく》な事実を突きつける。

「ただし、帰るのは皆様の死の直前ですぞ」

「え……」

絶句《ぜっく》する平井の肩をエキスタさんはポンポンと軽くたたいた。

「我々だって魔族ではありません。若者の未来を犠牲にしてまで召喚しようとは考えませんでした。我々が召喚したのは死の直前にあった人です。ご自身に思い当たる節はありませんかな？」


そうだ、あのとき僕たちの乗ったバスは谷底に向かって真《ま》っ逆《さか》さまに落ちていた。

あと数秒もしないうちに地面に激突して、僕らはみんな死んでいたかもしれない。

もう一度あのバスの中に帰る？

そうしてほしいというやつは一人もいなかった。


「せっかく助かった命です。皆様にはその能力をこの世界で存分に役立てていただきたいのですが、いかがでしょうか？」

「あの……」


オタクの川上《かわかみ》がおずおずと手を上げた。


「なんでしょうか？」

「異世界人である自分たちにはチート能力……、なにか特別な力といったようなものがあるのでしょうか？」

川上の質問にエキスタさんはにっこりと微笑《ほほえ》む。

「今、まさにそのことをご説明しようとしておりました。おっしゃるとおりで、異世界の皆様は特別なジョブというものについておられます。たとえばあなた、失礼しますよ……」

エキスタさんはスッと手を伸ばして川上の額《ひたい》を掴《つか》んだ。

「ふむ、あなたは氷冷魔法の遣《つか》い手『氷雪《ひょうせつ》の魔術師』のジョブ持ちですな。究めれば極大氷冷呪文《アブソリュート・ゼロ》をも使いこなせるようになるでしょう。そんなことができる魔術師はわが国にはおりません」

「俺《おれ》が魔法使い……」

自分の能力の高さを説明された川上は薄ら笑いを浮かべている。

次にエキスタさんは委員長の平井の額を掴んだ。

「ほほぉ、これは珍しい」

「い、あの、俺は……」

「あなたは重力魔法の遣い手だ。重力魔法は伝承も廃《すた》れてしまった古代魔法です。ひょっとすると、あなたは長く後世に名を遺《のこ》す人になるかもしれませんな」
「俺の名前が後世に……」

戸惑いながらも平井はどこか満足そうだった。
このようにしてエキスタさんは次々と僕らのジョブを明かしていった。
竹ノ塚もパラディンという高位の騎士であることが判明してはしゃいでいる。
それはそうか。
さっきまで僕らは何者でもない普通の高校生だったのだ。
それがいきなりジョブというものを与えられて、特別な存在になってしまった。
ちょっとくらい浮かれたっておかしくないよね。

「さて、あなたは」

エキスタさんが僕のところへやってきた。

「次はあなたのジョブを見てみましょう。緊張することはありません。肩の力を抜いてください」

緊張するなと言われても周りはすごいジョブばかりである。

クラスでもぜんぜん目立っていなかった今中さんが聖女だったと判明したばかりなのだ。

期待も高まるけど、不安だって高まりもする。

エキスタさんの手が僕の額をがっちりとホールドした。

ちょろちょろと脳の中をくすぐられるような感覚がする。


「ん～……？」


あれ？

他の人のジョブはすぐに判明したのに、エキスタさんは難しい顔をして首をかしげているぞ。

これはどっちだ？

すごいジョブがきたのか、それともハズレなのか……？

エキスタさんがなにも言わないのでこちらから聞いてみることにした。

「なにか問題でもありましたか？」

「ふむ、初めてみるジョブなので少し戸惑ってしまいました」

「初めて見るジョブ？」

まさか超絶レアジョブがきたのか⁉

一瞬だけ期待してしまったけど、僕の希望はすぐに粉々《こなごな》に打ち砕《くだ》かれた。
まあ、世の中ってそんなもんだよね。
うん、知ってた……。

「こちらからお聞きしたいのだが『工務店』とはどういったジョブでありましょうか？　お心当たりはありますか？」

工務店⁉
お心当たりはある。
あるのだが、それが僕の知っている工務店と同じかどうかはよくわからなかった。
工務店と聞いて真っ先に反応したのはパラディンの判定を受けた竹ノ塚だった。

「ブッ！　工務店って、俺の親父《おやじ》と一緒じゃん！」

エキスタさんは竹ノ塚に歩み寄る。

「おお、タケノヅカ殿は工務店を知っておいでか」
「知ってるよ。まああれだ、大工みたいなもんだよ。うちの親父は解体もするけどな」

そもそも工務店というのが個人の職業《ジョブ》を指して使われる単語ではないのだが、そんなことは重要ではない。

僕にとって気にすべき点は、エキスタさんをはじめとしたこの世界の偉そうな人たちが、大工と聞いた途端にそろってがっかりした顔になっていたということだ。

「木下《きのした》だけしょぼいジョブだけど、あんま、がっかりすんなよ！　解体屋って意外と儲《もう》かるんだぜ。うちの親父の車、エルファイアだしな！」

竹ノ塚が肩を組んで慰《なぐさ》めてくれた。

こいつは悪いやつではない。

悪いやつではないけど無自覚に人を傷つけることがある。

そもそも僕のジョブは工務店であって解体業ではないし、バンタイプの大型自動車に興味もない。

はっきり言って余計なお世話だ。

エキスタさんが今後のことを説明してくれたが、僕は不安でどうしようもなかった。

この世界に来てから三日が経《た》った。

僕はいま練兵場の隅《すみ》に座ってクラスメイトが戦闘指導を受けている様子を見学している。

この世界では常に魔物が人間の領域を侵略しようとしているそうだ。

僕ら召喚者は現地人にはない能力を持っている。

勇者や魔法使いになって、ぜひともその力を貸《か》してほしいと言われた。

まるでゲームみたいだな、って僕は考えている。

うん、他人事だ。

だって当事者じゃないんだもん。

川上はかるい手ほどきを受けただけで手から氷の塊《かたまり》を飛ばせるようになった。

平井に至っては重力魔法を操《あやつ》って空中浮遊までしている。

クラスでいちばん成績の悪かった竹ノ塚さえもパラディンとしてみんなの期待を集めているのだ。

それなのに僕はどうだろう？

いちおう僕も戦闘や魔法の手ほどきを受けた。

でも、なんの成果も得られなかったのだ。

まあ『工務店』だからね……。

試しにトンカチやノコギリを借《か》りて使ってみたけど、これが驚《おどろ》くほど上手《じょうず》に使えた。

まるで熟練の職人みたいだったよ。

ただ、この世界にも腕《うで》のいい大工さんはたくさんいるわけで、求められているのはそこじゃない。

時間と共に肩身が狭くなる。

練兵場の隅っこで座る僕にクラスメイトはたまに声をかけてくれる。

うちのクラスはいいやつが多い。

でもエキスタさんをはじめとした現地人たちは、僕のことを邪魔と感じているのがひしひしと伝わってきている。

「そろそろお昼休憩にしましょう。みなさん、よく頑張ってくださいました」

エキスタさんはみんなのために豪華なお昼を用意してくれた。

戦闘や魔法の訓練は疲れるようで、クラスメイトはガツガツと食事をかきこんでいる。

でも、そんな美味《おい》しい食事だって僕の喉《のど》を通るはずがない。

僕はいたたまれなくなってエキスタさんに相談した。

「僕はみんなのように役には立てないようです。ですから、なにか仕事を貰《もら》えないでしょうか？」

「そうですなぁ……」

エキスタさんはあごに指を当てて考えている。

「そう焦《あせ》らないで、のんびりと過ごすのはどうですか？　仲間のサポートをするというのも一つの仕事ですぞ。まあ、ここまで防御力が低いと前線だとすぐ死亡かな？」

「うっ……」

「そうなる前に王宮を出て行くのも手といえば手ですが……」

エキスタさんの目の中に冷酷《れいこく》な色が見え隠れしていた。

「ちょっと待ってください！　そんな言い方はひどすぎませんか？」

抗議の声を上げてくれたのは聖女判定を受けたばかりの今中さんだった。

前はクラスの中でもかなり地味な存在だったけど、聖女になってからの今中さんはとても堂々としている。

雰囲気《ふんいき》も変わり、かなりの美少女になった気もする。

これは聖女のオーラなのだろうか？

かけていた分厚い眼鏡《めがね》もいつの間にかなくなっているぞ。

これぞ、セイント・マジック！

個人的には眼鏡聖女の方が好きだけど、贅沢《ぜいたく》は敵だ。

僕は心の中でエールを送った。

（いいぞ、今中さん。もっと言ってやれ！）

今中さんの発言に平井や川上も同調してくれた。

「そうですよ。こんなふうにクラスメイトを見捨てる人の手伝いなんてできません」

「うん。非戦闘員もしっかり面倒みてもらいたいな……」

やっぱりうちのクラスはいいやつが多い。

僕が読んだことのあるラノベとは大違いだぞ。

大抵はハブられて、そこからざまあが始まるというのに……。

有力なクラスメイトが次々に声を上げたのでエキスタさんは慌《あわ》てだした。

「いや、なにもキノシタ殿を排除しようなどという気はないのだ。だがキノシタ殿は戦闘力に欠《か》ける。今後は一緒に行動することも難しいだろう？　それに慣れない世界でいきなり仕事を探すのだって大変だ。この世界の生活習慣というものをまるでわかっていないのだからな」

正論を並べ立てられてみんなは沈黙《ちんもく》した。

だが、僕には人生がかかっている。

ここで喋《しゃべ》るのを止《や》めたら試合終了は目に見えているのだ。

みんなの前で交渉して、少しでもマシな人生をつかみ取らなければならない。


「では、どうすればいいでしょう?」

「そうですなあ……。我々としてもキノシタ殿の能力を完全に諦《あきら》めたわけではないのです。何かの拍子に素晴らしい力が開花するということも考えられます」


そうだといいけど、我ながら自信はない。


「ではこういうのはいかがかな? キノシタ殿にはガウレア城塞の城主になっていただきましょう」

「僕が城主ですか?」

「不安に思うことはないですよ。もちろん補佐はつけます。それに城塞と言っても最前線ではありません。戦闘はごくわずかです。軍事に関しては城塞の将軍に一任すればいい。そうやってこの国のことを学んでいただくというのはどうですかな?」


城主をやればきちんと給料ももらえるそうだ。

このまま放《ほう》り出されるよりはずっとよさそうだ。

「木下、受けちゃえよ。工務店をやるよりよっぽどいいって。城主ならエルファイアだって新車で買えるかもしれないぜ！」


君は車にこだわるね……。

竹ノ塚に勧められたからじゃないけど、僕はこの話を受けた。

これ以上の待遇はないような気がしたからだ。


その日の夜、エキスタさんの書斎で補佐役の人を紹介された。

黒いスーツを着た性格のきつそうなお姉さんだった。

顔はかなりの美人で赤い縁《ふち》の眼鏡をかけている。

年齢は二十代中ほどだろうか。

肌は白く髪は金髪。

スタイルは完璧と言っていい。

同級生にはない大人の色気をまとった人である。

「はじめまして、カラン・マクウェルです。本日よりご城主様の補佐にあたります。よろしくお願いいたします」

なんだかクールな印象だな。
それになんか、怒っている？
顔合わせのあいだ中、カランさんは笑顔一つ見せなかった。

カランと報告書【左遷《させん》】

それはカラン・マクウェルにとって青天《せいてん》の霹靂《へきれき》だった。

外務官僚として順調なキャリアを積んできたカランが、あろうことか召喚者を補佐するように命じられたのだ。

しかもただの召喚者ではない。

『工務店』などという外れジョブを持つと噂《うわさ》の少年の補佐である。

城塞城主付きの秘書官と言えば聞こえはいいが、実体は左遷だ。

無表情な外見から判断はつかなかったが、辞令を受け取ったカランが気落ちしているのは明らかだった。

任務を拝命したからには全力を尽くすつもりではあるが、カランの心は沈んでいた。

私のような有能な人間がどうしてこんな目に遭わなければならないのか、それが彼女の正直な気持ちだった。

宮廷魔術師長のラゴナ・エキスタの引き合わせで、カランは木下武尊《たける》に面会した。

素直《すなお》そうな少年だが、覇気《はき》は感じられない。

なにより、自分の境遇に戸惑っているようだ。

概して頼りがいはなさそうに見えるが、十八歳という年齢を考えればそれは仕方のないような気もする。

ただ生真面目《きまじめ》そうなところは好感が持てた。

資料によると工務店というジョブは大工のようなものらしい。

だが、本当にそうなのだろうか？

大工道具は上手に使いこなしたとの報告を見たが、召喚者の力がそれだけとはカランには信じられなかった。

おそらくエキスタも同じ考えなのだろう。

「キノシタ殿をよろしく頼むよ。君ならそつなくこなしてくれるだろう」

エキスタの言葉の端に自分に対する期待をカランは敏感に感じ取った。

自分は外れのカードを引いてしまったわけではない。

ひょっとしたら一発逆転の切り札を手に入れたのかもしれないのだ。

それが、カランの下した最終的な判断だった。

もし私が首尾よく彼の能力を引き出せれば出世街道に返り咲くことだって可能だ。

しばらくはこの少年に付き合うのも悪くない。

これは報告書には書けないが、なぜかタケルという少年に惹《ひ》かれるのも事実だ。

本能的にカランを惹きつける何かが木下武尊にはあった。

☆☆☆

僕の任地はやたらと遠いところだった。

王都ローザリアからガウレア城塞までの距離はおよそ376キロ。

新幹線とか高速道路網の発達した日本ならともかく、移動手段がほとんど馬車しかないこの世界ではとんでもない距離である。

補佐役のカラン・マクウェルさんと馬車に乗っているけれど、この世界での旅は過酷だ。

自動車だって未舗装の道路を走ればそれなりに揺れるよね？

それを毎日馬車で八時間だよ。

道は悪く、ショックアブソーバーもない馬車の揺れは想像を絶するほどひどい。

衝撃がダイレクトにお尻《しり》と腰を攻撃してくるのだ。

日を追うごとに体の痛みはひどくなっていて、今や普通に座っていることさえ耐えられないほどだった。


「どうされました、ご城主様？」

モゾモゾしっぱなしの僕にカランさんが声をかけてきた。

そっけない態度なので、最初は嫌われているのかと思ったけど、それは誤解だったようだ。
この人はたんに無口で無表情なのだ。
感情が顔に出ないタイプらしい。

「馬車の旅に慣れていなくて……。カランさんは平気なんですか？」
「痛みがひどいようなら治療することもできます。初歩的な治癒魔法なら使えますので遠慮なく申し付けてください」
「そうなんですか⁉　だったら早く言ってくださいよ。もう限界だったんです」

じっさい、痛みで涙が出るほどだったのだ。

「それでは治療をしましょう。患部をこちらに向けてズボンをおろしてください」

今、とんでもないことをサラリと言われたような……。

「はっ？」
「わたくしの治癒魔法は拙《つたな》いものです。直接触《ふ》れなければ使えません」

つまりカランさんの目の前で生のお尻を出さなければいけないの？

それは恥ずかしすぎる……。

「だ、だったら治療はいいです……」

「どうしてですか？　耐えきれないほど痛むのでしょう？」

カランさんは無表情のまま問いかけてくる。

そうは言われてもなあ……。

「カランさんにお尻を見せるなんて悪いし、恥ずかしいので……」

「必要ないとおっしゃるのなら無理強《じ》いはしませんが、それで公務が滞ることがあってはなりませんよ」

「というと？」

「具合が悪くなって、体調がよくなるまで宿場町で時間を浪費するなどというのは感心しません。そんな無駄《むだ》をするくらいなら羞恥心《しゅうちしん》など脇《わき》に置いて、わたくしの治癒魔法を受けてください」

カランさんにはこういうところがあるんだよなあ。

目的達成のためなら過程なんて気にするなって感じなんだよね。

ただ、カランさんの言い分も理解できなくもない。

繰り返しになるけど、この世界の旅は過酷だ。

十二人の騎兵が護衛してくれているとはいえ、魔物や強盗に襲われる可能性は否《いな》めない。

グズグズしないで、サクサクと旅をする方が安全であることは確かなのだ。

それに、もう本当に体が限界だった。

痛みが羞恥を凌駕《りょうが》している。

お医者さんに患部を見られると思えば恥ずかしくないか……。

自分にそう言い訳をして、カランさんにお願いした。


「やっぱり、治癒魔法をお願いできますか？　もう死んでしまいそうなくらい痛くて。ただ、やっぱりみられるのは恥ずかしいです……」


驚いたことに、カランさんはくすりと小さく微笑んだ。

この人の笑顔を見るのは初めてのことだ。


「ご城主様の意向を無視することはできませんね。それではこちらに来てくださいませ」

カランさんは手を大きく突き出して、僕に近寄るように指示した。

「え？　だけど……」

「早くしてください。道がまた悪くなるかもしれません」

馬車は安定した路面を通過中で揺れは比較的少ない。


「わかりました」


のそのそと立ち上がって中腰になると、カランさんに手を引っ張られてしまった。バランスを崩した僕はそのままカランさんに抱き着くような体勢になってしまう。

「ご、ごめんなさい！」

「かまいませんので、そのままでいてください」


カランさんの冷たい手が僕のズボンの内側に差し込まれた。

その動きにためらいは一切《いっさい》ない。

恥ずかしいんだけど、ひんやりとした感触が心地よく、僕はカランさんに抱き着いたまま身を任せた。

「すぐにすみます。そんなに硬くならないでください」

耳元をくすぐるようにカランさんの声が聞こえる。

その声はいつも通り事務的で抑揚《よくよう》もない。

だけど、その単調さこそが今の僕にはありがたかった。

ただ患部を治療する、カランさんにとってはそれだけのことにすぎないのだろう。

「それでは治癒魔法をかけていきます」

僕のお尻に指を当てながらカランさんが静かに詠唱を開始した。

独特のリズムが馬車の車輪とハーモニーを奏で、車内に不思議な共鳴が広がっていく。

「あ……」

じんわりとした心地よさが広がり、僕を苦しめていた痛みがスーッと穏やかになっていく。

その途端、僕は自分の体に異変を感じた。

「え、なにこれ？」

「どうかされましたか？」

「体の一部がすごく熱くなって……」

「セクハラは感心しませんね。わたくしのような才色兼備な女に触《さわ》れられて興奮する気持ちはわかりますが……」

「そうじゃなくて！　熱いのはへその下の奥の方ですよ」

日本だったら丹田《たんでん》と呼ばれるあたりじゃないかな？

「ああ、魔力溜《だ》まりですか。体内に保有された魔力はそこに蓄積されるのです。魔法はその魔力を体内に循環させることによって発動します」

そのことについてはこの世界にやってきたときに説明された。

英雄になった同級生はそうやって人外の力に目覚めたのだ。

僕も初日の訓練で魔力循環の手ほどきは受けている。

だけど、まったくと言っていいほどできなかったのだ。

「どういうわけか今になってやたらと自分の魔力を感じられます」

「ふむ……。ご城主様の魔力はわたくしの魔力と波長が近いのかもしれませんね」

「それでこんなに反応しているのか……」

「詳しいことはわかりませんが試してみましょう。いまからご城主様の中に私の魔力を送り込みます。抵抗しないで受け入れてください」

「はぅあっ！」


カランさんの腕に力がこもった。

僕はさらに強く抱きしめられ、カランさんとの密着度が増してしまった。

カランさんの胸が……。


「ちょっ、ちょっと！」

「必要なことを実行しているだけです。ご城主様は魔力の流れだけに集中してください」


あくまでも事務的なカランさんのおかげで肩の力が抜けた。

僕だってこのままじゃダメなのはわかっているのだ。

もしこのことで、僕の能力が解放されるというのならやってみる価値はある。

ちょっと難しいけど、おっぱいのことは忘れて魔力の感触だけを考えてみよう！

「それでは、お願いします」

「雑念は捨てられたようですね。それではいきますよ」

カランさんの指先からパルス信号のような刺激が伝わってきた。

最初は感じ取れるギリギリの信号だったけど、徐々《じょじょ》にはっきりしてきたぞ。

「わかります。カランさんの魔力……」

「いいですね。このまま続けましょう」

最初は冷たく感じていたカランさんの体が、今や熱を帯びている。

僕らは抱き合いながらうっすらと汗をかき始めていた。

送り込まれる魔力の波はさらに大きくなり、僕の体の中の滞留を力強く押し流す。

「あっ、今、動きました！」

「ついにきましたね。もうひと踏ん張りです。そのまま私に身を委《ゆだ》ねて、さいごの境界線を飛び越えてください」

脳の中で光が弾《はじ》けた。

そうか、これが僕の魔力。

そしてこれが工務店としての僕の力か……。

ガタガタと激しく揺れる馬車の中でカランさんに抱きすくめられながら、僕は悟《さと》りに至った。


カランさんの治癒魔法のおかげで僕はすっかり元気を取り戻した。

そうなると旅は楽しい。

移り行く風景や土地の名物など、旅行を楽しむ余裕さえ出てきている。

王都を出発してから、かれこれ十日が経っていた。

西に進むにつれて緑は少なくなり、ごつごつした岩ばかりが目立つ荒野が続いている。

道もますますひどくなり、今日も馬車はロックンロール状態で、前後左右に揺れていた。


「ご城主様、ガウレア城塞が見えてきましたよ」

カランさんに促《うなが》されて窓から顔を出した。

「うわあ！　思っていたより大きいなあ！」


はるか向こうに山に挟まれた深い谷が見えた。

ガウレア城塞はその谷に挟まれた大きなダムみたいな建物だった。

古代中国を舞台にした漫画で見た、函谷関《かんこくかん》に雰囲気が似ている。

城塞の高さは７０メートル、幅は１８０メートルくらいあるそうだ。

城壁の上から二本の風車が突き出ていて、ゆっくりと回っているのが印象的だった。


「思っていたよりずっと立派な建物ですね。僕なんかが城主になるくらいだから、もっと小さな砦《とりで》だと思っていました」

「ガウレア城塞は西の要衝です。魔物による西からの侵攻は少ないですが、私たちにとっては重要拠点なのですよ」


身が引き締まる思いだけど、僕に城主が務まるのかな？

益々《ますます》不安になっていく。

魔力の使い方は少しわかってきたけど、まだまだ使いこなせるレベルじゃないんだよね……。

城塞に到着すると、軍事の責任者である将軍が僕を出迎えてくれた。

「将軍のエリエッタ・パイモンだ。よろしく」

パイモン将軍は赤髪の大柄な女性だった。

豪華な制服をカッコよく着崩していて、スタイルも抜群である。

将軍なんて言うから髭面《ひげづら》のおじさんを想像していたんだけど、まったく違ったな。

年齢もまだ二十代後半くらいに見えた。

「木下武尊《きのしたたける》です。よろしくお願いします」

いちおう僕の方が上司になるんだけど、軍では実力がモノを言う。

城塞の実質的な支配者はパイモン将軍だ。

そのことは、あらかじめカランさんから聞いていたので、僕も丁寧な対応を心掛けた。

「ふーむ、見かけは普通の人間と変わらないのだな」

パイモン将軍は遠慮のない視線を僕に投げかけている。

周りにいる兵たちも興味津々《きょうみしんしん》の様子だ。

「気を悪くしないでくれよ。異世界の召喚者なんて見るのは初めてなんだ。私だけじゃなく、皆も興奮しているのさ」

興奮しているというよりも怖がっているような気がするぞ。

僕が視線を向けるだけで、怯《おび》えたように背中をすくめる人もいるくらいだ。

カランさんが僕の耳にそっと囁《ささや》いた。

「正しい情報がないため、田舎《いなか》の人々は異世界人を怖がる傾向があるのです」

なんだかよくわからない存在として恐れられているわけね。

まあ、誤解はおいおい解いていけばいいか。

「ところでご城主」

パイモン将軍は挑むような目つきで僕に質問してきた。

「異世界からの召喚者は強力なジョブを持っているそうだね。確か君のジョブは……」

「こ、工務店です」

「そうそう、それだ。なんでも大工のような力があると報告書にはあったが、どういうものか想像がつかないんだ。ひとつみんなの前でお力を見せてはもらえないか？」


きた！

心臓が掴まれるような気持ちになったけど、僕はぐっとこらえた。

王都では何もできないせいで惨めな思いをしてきたのだ。

でも、もう昨日までの僕とは違うぞ。

カランさんのおかげで魔力の使い方がわかったのだ。

今なら工務店の真の能力を発揮できるはずだ。

たぶん……。

ほら、ずっと馬車に乗っていたからまだ実践では試したことがないんだよ。


「工務店とは家づくりをする特殊能力です。労力も資材も必要とせず、魔法だけで家を建てたり、修理したりすることができます」

「ほう……。ではさっそくその力を見せてもらおうか」

「わかりました」

とりあえず、片鱗《へんりん》だけでも見せておけばいいだろう。

家をまるまる一軒建てることもできるけど、今の僕だと何日かかるかわからないくらい時間が必要なんだよね。

いちばん簡単にできるのは……ブロック塀か。

「それではここに塀を出現させてみせますね」

「うむ」

みんなが見守る中で僕はお腹《なか》の魔力を全身に巡らせた。

十分後。

「あ～、ご城主……」

一生懸命ブロック塀を作製する僕に当惑顔のパイモン将軍が話しかけてきた。

「な、なんでしょう?」

「まだかな？」

「もう少しです。あとちょっと……」

僕は両手を地面につけてずっと魔力を流し込んでいる。

さっきから電気みたいにバリバリと光が弾けているが、ブロック塀が出来上がる兆候はまだ見えない。

初めての作製ということもあってまだ慣れていないのだ。

疲労ではなくて、焦りの汗がじっとりと額に広がる。

兵士の中にはあくびをかみ殺して見ている人もいるぞ。

早いところ作り上げないと、と思うんだけど、ちっともうまくいかない。

焦れば焦るほど空回りしている感じなのだ。

それでもなんとか終わりが見えてきた。

「よし、完成します！」

バシュッ、という小さな爆発音《ばくはつ》を立ててブロック塀が煙《けむり》と共に出現した。

高さは１５０センチくらい、幅は９０センチほどだ。

日本の住宅街でよく見かける塀と同じである。

「ほう、これがご城主のお力か」

パイモンさんが無造作に手を伸ばした。

「あ、気をつけて！」

注意したけれど、もう遅かった。
このブロック塀は基礎をきちんと作っていないのだ。
パイモン将軍は軽く押しただけなのだがブロック塀はあっけなく倒れてしまった。
しかも鉄心をいれないタイプだったので地面と激突して大きくヒビが入っている。

「す、すまん……」
「いえ……」

なんともいえない微妙な空気が流れた。
兵たちの顔にも落胆と嘲笑《ちょうしょう》の色が浮かんでいる。
みんなが僕を無能と判断したのだろう。

だけど、僕はそれほど落ち込んでいなかった。
ひょっとして僕はすごい力を手に入れてしまったかもしれない。
工務店の力の片鱗に触れ、僕はかなり興奮していた。

カランと報告書　【気になる少年】

土の候・中、二十三日夕方、ガウレア城塞に到着。エリエッタ・パイモン将軍の出迎えを受ける。

観察対象者、キノシタ・タケルにわずかな異変が見られた。これまで不可能だった魔法が使えるようになったようだ。

ただし力は非常に弱い。魔法で土壁を作ってみせたが発動は遅く、一般的な土魔法の遣い手と比べても見劣りするレベルである。戦闘では役に立たないだろう。

私見を述べれば、これ以上の観察は無駄にも思われる。一般の召喚者に比べてキノシタ・タケルの才能はあまりにも低い。能力開花の可能性はゼロとは言えないが期待は薄いと言わざるを得ない。


報告書をまとめたカランはペンを置いた。

ガウレアのような田舎に飛ばされた苛立《いらだ》ちは、すでに治まっている。

切り替えの早さは彼女の美点でもあった。

「キノシタ・タケルか……」


つぶやいてカランは目を閉じた。

はにかむタケルの顔が瞼《まぶた》の裏に浮かぶ。

見捨てられない仔犬《こいぬ》のようだ、そんな感想がカランの頭をよぎる。

情が移ったかしら？

素肌から直接魔法を送り込む際、図《はか》らずもタケルを抱きしめる形になってしまった。

そんな些細《ささい》なことで気を許すような自分ではないと思ったが、完全に否定することもできなかった。

魔力の共鳴とは不思議な縁を紡《つむ》ぐという文献を目にしたこともある。

カランの魔力がタケルの中に入っていったと同時に、タケルの魔力もカランの中に取り込まれた。

そのとき、わずかではあったがカランはタケルの力の片鱗に触れた気がしたのも事実だ。

スケールがつかめないほど大きな力の片鱗に。

それはあまりに曖昧で、確信に至るものではなかったが。


「もう少し付き合ってみるしかないわね」

カランは静かに報告書を閉じた。

☆☆☆

憂鬱《ゆううつ》な気分で目が覚めた。

周囲の人がよそよそしいとか、ご飯があまり美味しくないとか、理由はいろいろあるけど、僕の気をいちばん滅入《めい》らせるのはこの城塞そのものである。

ここは住居として最悪だったのだ。

城塞は暗い、そして汚い、そのうえ臭《くさ》い……。

過酷な３Ｋ、それがガウレア城塞というところだ。

特にひどいのはトイレで、それはもう地獄……煉獄《れんごく》と言っても過言じゃない。

一般用なんて入ることもできないくらい不潔だ。

高級士官用はそれよりもマシなんだけど、とにかく匂《にお》いがすごいのだ。

汲《く》み取り式だからかなぁ？

今も起きて用を足してきたけど、それだけで吐きそうになってしまったくらいだよ。

朝から嘔吐《おうと》って最悪だよね。

廊下に出てからも気分が悪く、うまく息ができなくて、壁に手をついてあえいでいる最中だ。


「あの、大丈夫ですか？」

ゼエゼエしていたら、城塞のメイドさんに心配されてしまった。

「すみません、ちょっと吐き気が治まらなくて」

「まあ。しっかりして」


優しい人らしく、見ず知らずの僕の背中を撫《な》でてくれた。

年齢は僕よりちょっと下くらいかな。

水色のサラサラストレートヘアを肩のあたりで切りそろえている。

瞳《ひとみ》は大きく、見るからに優しそうな人だ。


「なんか情けない姿を見せてしまって面目ないです……」

「うふふ。私、ダメな人って嫌いじゃないのよ。なんだか放っておけなくて」


あれ、遠回しにディスられている？

こんな姿を見せているのだから仕方がないか。

メイドさんは優しく背中を撫で続けながら質問してくる。

ハァ
ハァ

「見かけない顔ね。制服も着ていないし……。補充でやってきた兵隊さん？」

この人は僕のことをまだ知らないんだな。

それにパジャマ姿だから兵士と勘違いしているのだろう。

「自分は新しくやってきた城主だよ」

「ジョウシュ……？　ジョウシュ……、ジョウ……、新しいご城主様！」

メイドさんは驚いて飛び跳ねた。

「失礼しました！　わたくしはメイドのアイネ・ルルドラと申します。ご城主様とは知らずにご無礼をしてしまいました。どうぞお許しください！」

土下座《どげざ》しそうな勢いで謝られた。

見ているこっちの息が詰まりそうだ。

「いいよ、みっともないところを見せたのは僕だからね。アイネだっけ？　背中をさすってくれてありがとう。おかげで楽になったよ」

お礼を言うとアイネはきょとんとした顔になった。


「どうしたの？」

「いえ、異世界からの召喚者はもっと恐ろしい人だと思っていましたので」

「僕は普通の人間だよ。でも、やっぱりみんなそう思っているんだね」


これまでに会った使用人はみんなビクビクしていたもんなあ。


「あの、私はもう違います！」

「えっ？」

「今のでわかりました。ご城主様はぜんぜん怖くないです」

「それも威厳がないみたいでどうかと思うよね」


つい笑ってしまったけど、アイネはブンブンと首を横に振る。


「そんなことないです！　自分は頼りない感じの人が大好物なので……」

「はっ？」

「い、いいえ、なんでもありません！」

アイネって、優しく見えて実は危ないメイドさんなんじゃ……。

「ご城主様、一つご提案があるのですが」
「提案？　いいことなら大歓迎だけど」
「私をご城主様の専属メイドにしていただけませんか？」

いきなり専属メイドと言われても僕にはよくわからない。

「それはどういうことなの？」
「こう言っては何ですが、他の使用人たちはご城主様を恐れております。強大な力を持つ異世界人を怒らせては大変と、ビクビクしているのです」

それはわかる。
悲しいけど、避けられているのがビシビシ伝わってくるのだ。
「ですから、私をおそばに置いてくださいませんか？　私なら怖がりませんし、誠心誠意お仕えできると思うのです」


ここではカランさん以外はまともに喋ってくれる人もいないもんなあ。

明るいアイネがそばにいてくれれば心強いかもしれない。


「わかったよ、それじゃあお願いしようかな」

「ありがとうございます。さっそく手続きをしてまいりますね」


アイネは元気よく去っていった。

これでよかったのかな？

なんとなく不安は残ったけど、友だち一人いない僕にとって、ああして話しかけてくれる人は貴重だ。

今はこれでいいやと思った。


冷え冷えとする自室に戻ってきた。

僕が与えられたのは二間続きの広い部屋で、片方が寝室、もう片方が執務室になっている。

最初から家具はつけられていて、部屋はそれなりに豪華だ。

だけど、はっきり言って居心地は悪い。

寒くて薄暗いのだ。

光源は小さな窓とランプだけ。

これでは目が悪くなってしまいそうだよ。

窓にはガラスがはまっていないので、開けたままだと風が吹き込む。

寒いのは石壁のせいもあるのかな？

冬は暖炉を使うようだけど、そのせいで部屋全体が煤《すす》けている。

これはいよいよ『工務店』の出番のようだ。

パイモン将軍との会見ではいいところを見せられなかったけど、僕は自分の可能性を信じている。

おそらくだけど、時間さえかければどんな建物でも僕は作れると思うのだ。

さっそく『工務店』の力を試していくとしよう。

照明や窓など、改良したいところはたくさんあったけど、まずはトイレを作ることから始めることにした。

だってさ、あそこに行くたびに吐きそうになるし、このままじゃひどい便秘になりそうなんだもん。

城塞についてからまだ『大』は一回もしていない。

一分以上座っていたら確実に吐いてしまうからね。

こんなところにやってきてしまったけど、僕は自分の力で快適な生活を取り戻す！

そう心に誓って作業に取り掛かることにした。

自室でトイレの設置場所はどこにしようかと考えていると、カランさんがやってきた。

「おはようございます、ご城主様。床に這《は》いつくばって何をされているのですか？」

カランさんは無表情のまま僕を見つめてくる。

城主が四つん這いになっているのに驚きもしない。

この人は物事に動じないんだよね。

「工務店の力を使って自分専用のトイレを作ろうと思いまして。あ、勝手に作っても大丈夫ですかね？　許可とかいるのかな？」

「それは問題ありません。許可を出すのはご城主様ですから」

そういえば僕はガウレア城塞のトップだった。

いまだに自覚はない。

「ところで、城主の仕事はしなくていいのかな？　さすがに遊んでばかりではダメでしょう」

「ご城主様が勤勉な方で私も安心しました。ですが、今日一日くらいはご休養に充ててください。長旅でお疲れになったでしょう」


治癒魔法のおかげで元気なんだけど、そう言ってもらえるのはありがたい。

今日はトイレ作りに全力を傾けられそうだ。


「そうそう、アイネ・ルルドラというメイドから報告がありました。ご城主様が専任メイドにしたとか」

「うん、そうなんだ。手続きとかはよろしく頼むね」

「承知しましたが……」

「どうしたの？」

「そのメイドと寝ましたか？」

「い、いきなり、なに？」


慌てる僕の横でカランさんは平静なまま質問してくる。

「ご城主様の愛人となると扱いが変わってきます。詳細ははっきりしていただいた方がことはスムーズに運びます」

「そんな事実はないよ。優しくていい人だったから専任になってもらおうと思っただけ」

「さようですか。それならばなんの問題もありません」


城主の立場って僕が考えているより大変なんだな。

もう少ししっかりしないと。

本日のスケジュールの説明をしてカランさんは去っていった。


朝食が終わるとさっそくトイレ作りに取り掛かった。

場所は寝室側にした。

夜中にトイレに行きたくなってもこれで安心だ。

とりあえずはトイレスペースを仕切る壁を作製してしまおう。

簡単に倒れたブロック塀のようでは危険このうえない。

天井《てんじょう》や床、石壁にしっかりと密着させて壁を作っていかないとな。

魔力を注《そそ》ぎ込《こ》み、僕は一心不乱に壁を作り始めた。

夜までかかってなんとか壁を作り上げた。

もう魔力が空っぽで何をする気も起きやしない。

力尽きてそのまま床に大の字に寝転んだ。

あー、頭がクラクラする。


「失礼します。パジャマをお持ちしました」

入ってきたのはアイネだった。

「ご城主様！」

床に倒れこんでいる僕を見てアイネは駆け寄ってくる。


「どうなさいましたか？　まさかご病気では」

「そうじゃないよ。魔力を使い果たしてぐったりしているだけなんだ」

「まあ……。さあ、お楽になさってください」

「え、ちょっ！」

アイネはそのまま地面に横座り、僕の上半身を抱え上げ膝枕《ひざまくら》をしてくれた。

側頭部に大きくて柔《やわ》らかいものが当たり、僕のクラクラは加速していく。

「しばらくこうしていましょう。魔力の枯渇ならそのうちよくなりますからね」

そうかなあ？

なんだかさっきよりも心臓がバクバクするんですけど……。

「うふふ、私がついておりますからね」

アイネは頬《ほお》を上気させて微笑んでいる。

なんだか息遣いも荒いような……。

アイネは僕がボロボロになっていると喜ぶような気がするんだよなあ。

「なんかさ、僕がダメ城主で喜んでない？」

「そ、そんなことないです……。私はズタボロのご城主様を応援したいだけで、ダメ男が大好きとか、私なしではいられないようにしたいとか、そんな趣味はありませんから！」

うん、なんだかアイネのことが少しだけわかった気がした。


次の日はすっきりと目覚めることができた。

空っぽだった魔力もすっかり元に戻っているぞ。

あれ、昨日より魔力量が多くなった気さえする。

いっぱい使ったから、その反動かな？

筋肉みたいに、使えば使うほど量が増えるのかもしれない。

ひょっとすると工務店の能力もスキルアップされているかもしれないな。

今日も頑張ってトイレを作ろうとしていたら、書類の束《たば》を抱えたカランさんがやってきた。

「おはようございます、ご城主様。本日はこちらの書類に目を通してください」

渡されたのは城塞の備品購入や食料購入についての書類だった。

僕の決裁が必要とのことだった。

なるほど、こういった経理の書類を読むだけでも勉強になる。

お金の動きを追えば、城塞の運営がどのようになされているかがわかるのだ。

ただ、問題もあるな。

一通り目を通してから僕は正直に打ち明けた。

「この世界の貨幣価値とかを知らないので、値段が適正かどうかもよくわからないです」

それを聞いてカランさんは満足そうにうなずく。

「今はそれで結構です。わたくしも確認しましたが、不備や誤魔化《ごまか》しはないようです。署名をしても差し支えないでしょう」

カランさんは書類の数字を示しながら、相場と照らし合わせてもおかしくないことを丁寧に説明してくれた。

本当に不正などはないようだ。

僕はペンを取って承認のサインをした。

そうそう、この世界の言葉と文字は召喚されたときに使えるようになっている。

なんだか不思議だけど、言葉のレベルは日本語の理解度に比例するみたいだ。

だから日本で国語が得意だった生徒ほど、こちらの言葉にも精通しているようだ。

僕も五教科の中では国語がいちばん得意だったから、文字や言葉では今のところ困っていない。

「本日の業務は以上となります」

「え、たったこれだけ？」


まだ一時間くらいしか経っていないぞ。


「城主の仕事はそれほど多くはありません。ご希望であれば兵たちの訓練を観閲することもできますが、いかがなさいます？」

「いえ、必要ないです」


どうせ軍隊のことなんて何一つわからないのだ。

それよりは早くトイレ作りに取り掛かりたい。

もう二日も大をしてないからお腹が張って仕方がないのだ。

いっそ青空の下で、なんて考えも浮かぶけど、一人で城を出るのも心細い。

うんこをしたいからついてきてくれと頼むのもなあ……。


「それでは、昼食までごゆるりとお過ごしください」

カランさんが出て行くと僕はすぐにトイレ作りを再開した。

壁は昨日できたから、今日は水道管や排水管などの水回りをやっていこうと思う。

この配管なのだけど、作っている本人にも謎《なぞ》な機能を有している。

ぶっちゃけ、この水がどこからきて、汚水がどこへ流れていくのか僕もわからない。

どうやら別の世界につながっているようなんだけど、それがどこかはわからないんだよね。

まあ、特に問題はなさそうなので気にしなくていいのかな……？

まずは床の中に水道の転送ポータルを埋め込み、そこから配管を引いた。

これで水は好きなだけ出せる。

次に排水の転送ポータルを埋め込み、そこに配管を通す。

これで水回りの準備は完成だ。

いずれこの配管はお風呂《ふろ》にも利用するつもりである。


「ご城主様、お昼のご用意ができました。食堂へいらしてください」

仕事を続けているとアイネが呼びに来た。


「今いくよ。ちょうどお腹が減ったところなんだ」

「いかがですか、お仕事の進捗は？」

「順調だよ。いちばん難しいところは終わったんだ」

「それにしては元気そうですね。昨晩はあんなにやつれていたのに」

「一晩寝たら魔力が上がったみたいでさ、ジョブの魔法も少しは上達したみたいなんだ」

「それはようございました。でもなんだか少し寂《さび》しいですわね」


アイネは伏し目がちに微笑んだ。


「え、えーと……、作業はまだまだ続くから、夜になったらまたヘトヘトになってしまうかもなぁ……」

「そうですか！　そのときは何かとお世話をしなくてはなりませんね。今夜も膝枕がいいかしら？それともマッサージ？」


胸の前で指を組み合わせてアイネは嬉《うれ》しそうにしている。

う～ん、いい子なんだけどクセが強い！

その日も魔力が空っぽになるまでトイレを作製して一日を終えた。

ちなみに夜はアイネがたっぷりマッサージをしてくれた。

もちろん普通のやつだよ！

「オイルマッサージをするので服を脱いでください」と言われたけど、それは断った。

さすがに裸は照れくさいよね。

自信満々でさらけ出せるほど立派なボディーはしていないのだ。

優しく背中をマッサージされて、あまりの気持ちよさに僕はそのまま朝まで眠ってしまった。

◇

使用人の控室で顔を合わせたアイネにカランは事務的に質問を投げかけた。


「ご城主様は？」

「おやすみになりました。疲れていらっしゃったのでしょう、マッサージをして差し上げたらすぐに」

「疲れていた？　ああ、寝室にトイレを作っているとかおっしゃっていましたね」

「ご覧になりましたか？」

「ええ、なにやら新しい壁ができていました。それから何本かの管も。土魔法使いならすぐにでも作れそうな代物でしたが、あれに特別な意味があるのかしら？」

「私にはわかりませんが、ご城主様は大量の魔力を消費してあれを作ったそうです。それはもうフラフラになって立っていられないくらいに……」

アイネは恍惚《こうこつ》の笑みを浮かべたがカランはそれをあえて無視した。
余計なことはあまりしゃべりたくない性格なのだ。
そして事務机に向かって報告書の続きを書いた。

カランと報告書【経過観察】

観察対象者は土魔法で遊んでいる様子が見られる。自分の存在意義をなんとか証明したいのだろうか？　拙い魔法であるが、今のところ周囲に迷惑はかけていないのでこのまま経過を見守ることにする。

こういった経験を通じてキノシタ・タケルの能力が開花する可能性もゼロではない。

わずかな期待を持って観察を継続するものなり。

短い報告書を書いてカランはペンを置いた。

小さなため息がこぼれる。

「ほんとに、さっさと花開いてもらいたいものね。私の出世のためにも……」

悪態をつきながらもカランの表情は柔らかかった。

☆☆☆

来る日も来る日も僕はガムシャラに頑張った。
努力の甲斐《かい》あって僕の魔力は上がり、工務店のスキルは日一日と研《と》ぎ澄まされている。
そしてトイレの作製を開始して五日後、ついにそれは完成した。

「できたーっ！」

感極まって大声を上げちゃったよ。
僕の声を聞きつけてカランさんとアイネが寝室にやってきた。

「いかがなさいましたか、ご城主様？」

カランさんが静かな声で尋ねてくる。
相変わらずのクールっぷりだ。
だけど、このトイレの中を見ても平静でいられるかな？
実はこの二人にはまだトイレの中を見せたことがない。

後でびっくりさせようと思って、内装に取り掛かる前に立ち入りを禁じたのだ。

今日はいよいよお披露目《ひろめ》できるとあって僕の心はウッキウキだった。

「ついに僕のトイレが完成しました。すごいのができたから二人とも見ていってね」

「まあ、楽しみです！」

「はあ……」

アイネは積極的だったけど、カランさんはどこか面倒そうだ。

まあいいさ、中を見れば絶対に驚くはずだから。

外側は城塞の壁と同じなので特別感はないだろう。

ただトイレの入り口はマホガニーを使った重厚な扉で、赤みがかった上品な光沢が美しい。

それでは扉を開けて中に入ってみよう。


「まぶし……」


天上のシャンデリアの光を受けて、室内は別世界のように輝いていた。

暗いところからいきなり明るい場所に出てカランさんとアイネはたまらずに目を細めている。

やがて目が光に慣れてくるとアイネが驚きの声を上げた。

「な、なんですか、ここ……、居間？」

「ここはパウダールームだよ。まあ、僕はお化粧しないけどね」


アイネが居間と勘違いしたのも仕方がないことかな。

白、赤、緑、三種類の大理石を使った広い床、ところどころに飾り材を配した白い壁、正面には大きな鏡を備えた洗面台、生花を飾った大きな花瓶《かびん》、リネン類が納められた棚、座り心地のよさそうなソファーまで設置されているのだ。

日本の人だってこのトイレを見れば驚くだろう。

異世界人のアイネたちからしてみれば想像も及ばない代物かもしれない。

「なんだかいい匂いがします。これは森の匂い？　それよりずっと華やかだけど……」


アイネが宙に向けて鼻で大きく息を吸っている。

「フレグランスディフューザーだよ。今はグリーンノート系にしてあるんだ」

「ここにある小瓶《こびん》はなんでしょう？」

普段は表情が表に現れないカランさんまで目を見開いている。

「そっちは化粧水とかハンドクリーム、それから香水の瓶《びん》ですね。ハンドソープも三種類用意されています」

色とりどりの瓶は室内装飾の役割も果たしている。

飾り棚に置かれたアメニティーは使うと自動補充される優《すぐ》れモノだぞ。

つくづく魔法ってチートだよね。

「ここがトイレだなんて信じられません。ここでお茶会をしたっておかしいとは思わないのに」

「そ、そうかな? でもここはトイレだよ。こっちに来て。便座もすごいんだから」

アーチ状になった天井の下をくぐり僕は奥の扉を開いた。

「これがトイレですか?」

カランさんはしげしげと便座を眺めている。

正面奥には大用、手前右側には小用の便座が置かれていた。

城塞のトイレは箱型の椅子《いす》に穴が開いているだけの簡素なものだ。

驚くのも無理はない。

「どうぞ、よく観察してください」

「それでは……、えっ？　蓋《ふた》が勝手に！」

カランさんが近づくと便座の蓋が自動で開き、驚いたカランさんがよろけてしまう。

「怖がらなくても大丈夫ですよ。人が近づくと開くようになっているのです。もちろん温水洗浄便座で強力な脱臭機能もついています。照明と冷暖房も完備。トイレットペーパーも柔らかな最高級品で自動的に補充されます」

このトイレの使い方を僕は詳しくレクチャーした。

「なんとも信じられませんね。お尻を温水で洗い流すだなんて……」

カランさんは眼鏡をかけ直して改めてトイレを観察している。

お披露目は大成功だな。

満足した僕は二人に出て行ってもらうことにした。

「それでは、そろそろ僕を一人にしてもらえない？」

「え～、なぜですか？　もっとここにいたいです」

「同意見です。さらなる観察を希望します」

アイネとカランさんが抗議するけど、僕の方にも切羽詰まった事情がある。

もう五日もお通じがなかったのだ。

ようやく清潔なトイレを手に入れたのだから使わない手はない。

「さっそく使ってみたいんだよ。悪いけど、観察は僕が使用してからにして」

これで出て行ってもらえると思ったけど、二人の返答は予想外のものだった。

「わたくしのことはお気になさらずに用を足してください。実地で使用法を観察するいい機会です」

「何を言っているの？　カランさんの前でなんて、出るものも出なくなるよ！」

「私はご城主様の行動を王都に報告する義務があるのです。異世界のトイレの使い方もしかりです。さあ、隠さずにすべてをさらけ出してください」

「そうですよ。恥ずかしがることなんてありませんからね。辛《つら》いようなら私がお腹をさすってあげますよ」

カランさんもアイネもめちゃくちゃだ！


「いい加減にしてください。なんだったらカランさんもここを使っていいですから、使用法は自分で検証してよね」

「私が？　よろしいのですか？」

「よろしいから、二人とも出て行って！」

「そういうことであればけっこうです。失礼します」


納得したのか、カランさんはアイネを連れて出て行ってくれた。

これでようやく一息つける。

僕はズボンをおろし、おもむろに便座に座った。

「はあ……」

安堵《あんど》と解放のため息がこぼれた。

トイレから出てきた僕を見てなぜかアイネはがっかりした顔をしていた。

「なんだかスッキリされていますね……」

どうしてそれで残念がる？

ようやく不通が解消したというのに。

「それではわたくしも使わせてもらってよろしいでしょうか？」

カランさんが聞いてきた。

脱臭機能や自動強力洗浄のおかげでトイレは清潔なままだ。

このまま入ってもらっても問題はないだろう。

「どうぞ使ってください。置いてある備品はなんでも好きに使っていただいてかまいませんからね」

身を引いて促すとカランさんはトイレの中に入っていった。

アイネと寝室でカランさんを待ちながら、なんとなく気まずい空気が流れている。

「なかなか出てこないね……」

「女性のトイレは長いのですよ。それに、カランさんのことです、きっと隅々まで調査しているのでしょう」

カランさんが出てきたのはたっぷり十五分以上経ってからのことだった。

普段は真っ白な顔がほんのりさくら色になっている。

「ご城主様」

なにやら恨《うら》みのこもった目で僕の顔を覗《のぞ》き込まれてしまった。

「な、なにかな……?」

「もう戻れません」

「はっ?」

「もう一般用のトイレは使えないと言っているのです! どうしてくれるのですか?」

僕が悪いの?

でも、あのカランさんがこんな剣幕《けんまく》で問い詰めてくるとは思ってもみなかった。

それくらい僕のトイレが感動的だったということだろう。

「わかりました。カランさんもこのトイレを使うことを特別に許可します」

「本当ですか？」

「そのかわり、僕が困ったときは助けてくださいね」

カランさんは大きくうなずいてくれた。

「お任せください。このカラン・マクウェル、ご城主様のために必ず役に立ってみせましょう」

なんだか心強いね。

トイレのおかげで二重の意味で助かったよ。

カランと報告書　【至高のトイレ】

——以上の通り、キノシタ・タケルが作製したトイレは我々の想像も及ばない素晴らしいものでした。キノシタ・タケルに戦闘力は期待できませんが有用な人材であることは証明されつつあります。ただ、小官が見るところ彼はまだ成長段階にあります。また自由な裁量権を持つガウレア城塞城主という地位は、彼の能力を延ばすのによい環境であると確信しております。引き続きこの地でキノシタ・タケルを見守ることが、現在我らにできる最良の手段と具申いたします。


カランはペンを置いた。

おそらく、自分の報告書だけでは、あのトイレのすばらしさは十分の一も伝わらないだろう。

それくらいタケルのトイレはずば抜けていたのだ。

このままタケルが成長すれば、しかもそれを支えたのが自分であるなら……。

それは二人にとって望ましい未来になるだろう。


「楽しませてくれるわね、うちのご城主様は」

いつになく上機嫌でカランは報告書を閉じた。

第二章　快適な執務室を目指して

寒いけれどすがすがしい日々が続いている。

今朝《けさ》もスッキリとした気分で過ごしているけど、それも自分専用（カランさんも使う）のトイレのおかげだ。

これからもこの調子で生活環境を改善していくとしよう。

さて次は何を作ろうか？

思案していると、カランさんが書類の束《たば》を持って執務室にやってきた。

「おはようございます、ご城主様。本日はこちらの書類に目を通して、サインをお願いします。それではまた……」

そそくさと退出しようとするカランさんを呼び止めた。

「ちょっと待ってください。書類の説明をしていただかないと困りますよ。まだよくわからないですから」

「それは後ほど……」

カランさんはイライラとした様子で立ち去ろうとしている。

「何か急用ですか？」

「ただいまよりきっちり十五分間の休憩を申請いたします」

「休憩？　構いませんけど、ずいぶんと突然ですね」

「温水洗浄便座を堪能して、ハンドソープのラベンダーを試した後に洗顔。タオルの触《さわ》り心地を再び確かめ、化粧水をパシャパシャするのです」

ああ、そういうことか。

よい香りのハンドソープもタオルも化粧水もこの世界にはないので、僕のトイレでしか体験できないんだよね。

カランさんには特別に使わせてあげる約束になっている。

僕にしてみれば普通に用を足すだけの場所だけど、カランさんには大きな娯楽になっているようだ。

「了解です。楽しんできてください」

あのカランさんが弾《はず》むような足取りで寝室に入っていった。
よほど気に入っているのだろう。
さて、カランさんがトイレを使っている間に僕は書類に目を通しておくか。
どれどれ、なにが書いてあるのだろう……？

「う～ん……」

最初の一行目からやる気をそがれてしまった。
僕に勤労意欲がないんじゃない。
この部屋が暗すぎて字が読みづらいのだ。
明かり取りの窓は三つついているけど、一つの窓の大きさは将棋盤くらいしかない。
これじゃあじゅうぶんな光は入ってこないのは当然だ。
しかも、この世界には透明な板ガラスがない。
今はいいけど、冬はどうするのだろう？
まさか、寒さを我慢《がまん》して窓を開けるのかな？
それともランプの明かりだけで過ごすのだろうか？
どっちにしても悲惨な状態だと思う。
やっぱり今から準備しておいた方がいいな。

僕にできるのは窓を広げてガラスを入れること。
それから照明を取り付けることの二つだ。
とりあえず寒さ対策も兼ねて窓の改良から始めることにしよう。

その日の仕事も午前中で終わったので、お昼ご飯を食べてから作業に取り掛かった。
トイレを作り上げたことで僕のスキルはかなり上がっている。
窓くらいなら今日一日で仕上げられるだろう。
どんな窓がいいかな？
僕がイメージする偉い人と言えば社長さんだ。
そして社長室と言えば高層階の大きな窓だよね。
街の隅々《すみずみ》まで見渡せる、あんな窓を取り付けてみたい。
よし、その線でいってみよう！
既存の窓に手をついて魔力を送り込んだ。
石でできた壁がグニャリと揺れ、ゼリーみたいにプルプルと波打ちだす。
建物が強度を失わないように補強しながら窓のスペースを広げていった。

「怖ぇ……」

執務室の壁がほとんどなくなり、風がビュービューと吹き込んでいる。

一歩踏み出せば城塞の下へ真《ま》っ逆《さか》さまだ。

寒いし、怖いしで体が震えてきたぞ。

早いところガラスをはめ込まないと危なくて仕方がないな。

まともに立っていられなくて、床に這《は》いつくばりながら作業を続けた。


ノックの音がしてアイネが入ってきた。

「失礼します。紅茶とおやつをお持ちしました。……はあっ？」

明るくなった部屋を見て驚《おどろ》いているな。

「壁がない！」


そっちか。

でも、そりゃあそうだ。

さっきまで塞《ふさ》がれていた場所に、高さ二〇〇センチ、幅二四〇センチの穴が開いているのだ。

驚くな、という方が無理だろう。

「今、ちょっと改造中なんだ。危ないからこっちに来たらダメだからね」

僕はへっぴり腰で四つん這いのまま声を張り上げた。

あ〜、脚がガクガク震えるよ。

そして、そんな僕の情けない姿をアイネが見逃すはずがなかった。

「ご城主様、震えていらっしゃいますの?」

目がトロ〜ンとしているぞ。

大好物を見つけた猛獣みたいだ……。

アイネはお茶のトレーをテーブルの上に置くと、恐れもせずに僕の近くまでやってきた。

風がスカートのひだをくるぶしのあたりまで捲《まく》り上げている。

「すごい景色ですね。城下町の隅々まで見渡せます」

なんて言いながらも、アイネの目は震える僕の手に釘付《くぎづ》けだ。

「い、いまからガラスをはめ込むよ。そうしたら風は吹きこまなくなるから」

「ガラスですか？」

「僕が作るのはちょっと特殊なガラスなんだ。だから時間がかかるんだよ。それまでは……」


魔力を流し込んで窓枠を具現化していく。

と、横に膝《ひざ》をついたアイネに抱きしめられた。


「アイネ？」

「危ないのですよね？　だからこうして支えておきます。ご城主様は存分にお仕事をなさってくださいな」

「う、うん」


情けないんだけど、アイネに抱きしめられて怖さが半減したのは事実だった。

ただ背中の左側に柔《やわ》らかいものが当たって集中できない。

耳をくすぐる吐息も悩ましかった。


「不思議な質感の窓枠ですね。これはなんですか？」

「樹脂とか金属とか……」

「ジュシ？　なんだかむずかしい、うふふ」

アイネがもぞもぞと動くたびに背中の感触もふにょふにょして、僕の頭までフニャンフニャンになってしまう。

いや、このままじゃダメだ！

今日中に窓を完成させるのだ。

きのした魔法工務店の工期は絶対なのである！


煩悩を振り払ってガラス窓に取り掛かった。

高層階に取り付けるのだからガラスにもそれなりの強度が必要になる。

僕がはめ込むのはきのした魔法工務店オリジナルの六倍強化ガラスという、とても頑丈な窓ガラスだ。

魔力を送り込むたびに下の方からガラスがせり出し始めた。

アイネはますます体をくねらせて驚いている。

おかげですっかり震えは収まった。

煩悩の方はそれどころじゃないけど……。

「氷が張っていくみたいです！　これがガラス？」

「そうだよ。頑丈で断熱効果も高いんだ。これで隙間風《すきまかぜ》ともさよならだね。あのさ……」

「どうされました？」

「そろそろ体を離してくれてもいいよ。もう怖くないから」


もう下から一五センチくらいはガラスが出来上がっている。

たったそれだけでも恐怖心は薄れるものだ。

僕の震えが止まって興味をなくしたのだろうか、アイネはようやく身を起こしてくれた。

☆☆☆

窓からまぶしい西日が射《さ》し込んでいたけど、風の音はピタリと止《や》んでいた。

きのした魔法工務店の窓ガラスは防音機能も完璧《かんぺき》なようだ。

静寂の中で迎えた夕焼けを僕は満足な心地で眺めていた。


「失礼しま……」

書類を抱えて入ってきたカランさんが目を見開いて固まっている。

普段はクールなカランさんが驚くのを見るのは気分がいい。

「どう、いい感じになったでしょう？」

カランさんは覚束《おぼつか》ない足取りでじりじりと窓に迫った。

「安心していいよ。壁に穴が開いているわけじゃないから」

コンコンとガラスを叩《たた》きながら説明した。

それでもカランさんは恐々《こわごわ》といった感じでガラスに触《ふ》れている。

「透明な壁とは恐れ入りました」

「これで仕事もしやすくなったよ。でももう夜か。次は照明を作らないとな……」

とはいえ、もう残りの魔力は少ない。

作業は明日以降に持ち越しだ。

「ご城主様、これは他の部屋にも取り付け可能ですか？」

「カランさんの部屋にもつけてほしいの？」

「えっ、よろしいのですか？」

カランさんは意外そうな顔をした。

「まだやりたいことが多すぎて、すぐにというわけにはいかないけど、時間ができたらいいよ」

照明もつけたいし、お風呂《ふろ》だって作りたい。

試したいことが多すぎるのだ。

「ありがとうございます。ご城主様……」

カランさんは真剣な顔で僕を見つめてきた。

「どうしたの？　すぐに必要ならカランさんの部屋の窓を優先させるけど……」

「そうではございません。私たちはご城主様の能力を見誤っていたようです。先のトイレもそうですが、こちらのガラス窓も王や貴族たちは喉《のど》から手が出るほど欲しがるはずです」

「うん、そうかもしれないね」

大抵の人は清潔なトイレや明るい部屋の方が好きだよな。

「いっそ私と王都ローザリアへ帰還しませんか？」

「う～ん……」

それもいいけど、しばらくはここで自分の能力を開発したい気もする。

向こうに行っても、毎日トイレとガラス作りでは退屈しそうだ。

「もう少しここでのんびりしちゃダメかな？　ここにいた方が『工務店』の能力が伸びる気がするんだよね」

カランさんは少しだけ思案してからうなずいてくれた。

「承知いたしました。それではそのように取り計《はか》らいましょう」

外はすっかり日が落ちていた。

「ところで、これでは外からご城主様のお部屋が丸見えですね。防犯上これはよくないかもしれません」

気づかわし気に外を確認してカランさんが首をかしげている。

「あ、それなら安心して」

僕はコントローラーを取り出してボタンを押した。

ピッ！

透明だったガラスはすぐに曇り、外の様子は一切《いっさい》見えなくなった。

「瞬間調光機能っていうんだ。ガラスの濃さは四段階で調節できるよ」

あんぐりと口を開けたままのカランさんがかわいかった。

カランと報告書【かわいいところ】

一時は絶望的とみなされていた、召喚者キノシタ・タケルの能力がさらなる段階に達しました。本日、観察対象者は『板ガラス』なるものを作製したのです。一般的なガラスとは違い、無色透明なガラス板であります。

無色透明であることを小官は改めて強調します。水のように透き通っているのです。キノシタ・タケルはこの板ガラスを窓に取り付けました。これがどういうことかおわかりいただけますでしょうか。寒い冬でも冷たい外気は通さず、日光だけが室内に入ることになるのです。まさに画期的なアイテムと言えるでしょう。

ここまで書いてカランはペンを置いた。

そしてタケルの言葉を思い出す。

「すぐに必要ならカランさんの部屋の窓を優先させるけど……」

はた目にはわからないくらい、カランの口元がわずかに上がった。

「かわいいところもあるのよね……」

再びペンを持ったカランは気分よく報告書のまとめに入った。

☆☆☆

南向きの大きな窓から朝の光が差し込んでいる。

今日もすがすがしい快晴だ。

城下町を見下ろしながらぼんやりと今後のことを考えていく。

まずは照明を取り付けないとね。

夜は暗いからこのままだと目が悪くなってしまうぞ。

トイレで朝の身支度をして、朝食をとって、執務室で待っているとカランさんがやってきた。

「おはようございます。本日のスケジュールをまとめておきました。目を通しておいてください」

それだけ言い置いて、カランさんはいそいそとトイレに入っていった。

今日もあそこでリラックスするのだろう。

きっちり十五分後、カランさんは執務室に戻ってきた。

「新しいマウスウォッシュを出しておいたんだけど、使ってくれた？」

「はい、メモがございましたのでありがたく。おかげさまで口の中がスッキリいたしました」

答えるカランさんの表情は少しだけ柔らかく、口元からはスペアミントの香りがほのかに漂った。

僕はスケジュール表をカランさんに返した。

「午前中は城下町の視察なんだね。ガウレア城塞に来てから初めての外出だからちょっと緊張するな」

この地方の人たちは異世界人を怖がるのだ。

石などを投げられたりしないよね？

「先にご注意申し上げますが、護衛のそばを絶対に離れないでください」

「な、なんで？」

「異世界人の毛は万病に効くという根も葉もない噂《うわさ》が広まっております」

「はあ？　そんなバカな！」

「田舎《いなか》ではそんなものですよ。拉致されて毛を抜かれてしまう恐れもございます。ツルツルにはなりたくないでしょう？」

「うん」

全身の毛をむしられるなんて想像するだけで恐ろしい……。

「城門の手前に馬車を用意してありますので、それで参りましょう。それほど緊張なさらなくても平気です。フラフラと出歩かなければ危険はありませんから」

ヒッキーになりそうな僕をカランさんは励ましてくれた。

乾いた感じの田舎町、それがガウレアの第一印象だ。

「ここにはどれくらいの人が住んでいるのですか?」
「人口はおよそ二千人で、そのほとんどがダイヤモンド鉱山の労働者とその家族です」
「ダイヤモンド!　それって貴重なんじゃないですか?」
「そうですが、産出量は少ないのです」
「だから、僕なんかに城主を任せてもらえるんですね」
「まあ、そういうことです」

カランさんは臆面《おくめん》もなく肯定した。

いいけどね……。

「それにしても、あれはなんとかなりませんかね？」

たまに車窓からガウレアの住民が見えるのだけど、みんな物陰に隠れるようにしてこちらを窺《うかが》っているのだ。

僕と目が合うと怯《おび》えたように逃げていく……。

「何度も言ったように、この地域の住民は異世界人を恐れているのですよ。ご城主様が無害な少年とわかればそのうち誰《だれ》も気にしなくなりますよ」

「そうだといいですけど……」

不意に外から怒声が聞こえてきた。

「ガウレアに来るんじゃねえ！　さっさと出て行きやがれ！」

「そうだ、そうだ！　てめえは不幸を呼ぶ存在だと聞いたぞ。失《う》せろ！」

てっきり自分に向けられた言葉だと思ったけどそうではなかった。

よく見ると住民たちは誰かをとり囲んで声を荒らげている。

人の輪の中心にいるのは背の低い女の子だ。

髪は緑色で腕《うで》や足に包帯《ほうたい》を巻いて、その上からダボダボのローブを羽織っている。

額《ひたい》にも黒い布を巻いていた。


「あれはなにごと？」

「ああ、ウーラン族ですね。未来が見えたり、薬の知識が豊富だったりする人々です。東の方では敬われているのですが、西の辺境では怖がられる存在なのでしょう」


なんだか僕と境遇が似ているな。


「こうなったら力ずくでも町から追い出してやる！」

「おう、そうしよう！」


人々はその辺の枝をひろって威嚇しだした。

これはもうシャレにならないぞ。

女の子をみんなで寄ってたかって虐《いじ》めるなんてひどすぎるよ。

僕は思わず馬車から飛び出していた。

「待って！　そんなことをしたらダメだ！」

僕を見た途端に住民たちの顔が引きつった。

「ご、ご城主様？」

「ひっ、異世界人だあああぁ！」

食い殺す？

僕が？

ひどすぎる誤解だよ……。

肉は好きだけど、僕が好きなのは牛とか鶏《にわとり》だ。

好んで人肉を食べる趣味《しゅみ》はない。

そんなことなど知らない人々は怯えた顔をしながら、蜘蛛《くも》の子を散らすように逃げてしまった。

住民たちが全員逃げ去ると、地面に顔を伏せて震えている女の子だけが残された。

「怪我《けが》はない？　もう大丈夫だからね」

声をかけると、女の子は引きつった顔を上げた。

「お、お助けいただき、あ、ありがとうございました。ひっ、ひひ……」

この子、笑っている。

これ、情報系の動画で見たことがあるな。

怖いときに笑うのは心の制御が利かなくなっていたり、許しを請うためだったりするそうだ。

相当なストレスがかかっているのだろう。

なんとかリラックスさせてあげられればいいんだけどな。

「僕は木下武尊《きのしたたける》だよ。よろしくね」

「タケル？」

「そう。十八歳。君と同じくらいかな？」

「私はセティア・ミュシャ。同じ十八歳……です……」

「やっぱり同い年かあ」

「…………」

セティアは不思議そうに僕を見つめた。

「わ、私はウーラン族ですよ」

「うん、そうらしいね」

「あの……、私のことが怖くないのですか？」

「怖そうには見えないもん。それに僕もみんなに怖がられているんだ」

「どうして……ですか？　こんなに優しいのに……」

「異世界人だからなんだ。セティアも僕のことが怖い？」


尋ねるとセティアはブンブンと首を横に振った。


「君はこの辺に住んでいるの？」

「や、薬草を探して、た、た、た、旅をしてきました、ごめんなさい」


うーん、かなりのコミュ障ぶりを発揮してくれるなあ。

「あれ、手のところに血が滲《にじ》んでいるじゃないか」

きっと地面に手をついたときにすりむいたのだろう。

「手当てをしないと。一緒に僕の家まで行こう」
「そ、そ、そんな。恐れ多いというかなんといか……」
「遠慮しなくていいから。ほら、つかまって」

手を引っ張って立たせたらセティアはそのまま固まってしまった。

「どうしたの？　どこか痛かった？　それとも何かの病気？」

釣り上げた魚みたいに口をパクパクさせて息も絶え絶えだ。
それまで成り行きを見守っていたカランさんが口を挟んだ。

「ご城主様に手を握《にぎ》られて緊張しているのですよ」

セティアはヘヴィメタのヘッドバンキングみたいに激しく頭を縦に振った。

「ああ、ごめんね。いきなり手なんて握って」
「い、い、い、いいえ！　私こそろくに洗ってもいない手を握っていただいて僭越至極《せんえつしごく》と申しますかなんというか……。え、……ご城主様？」

セティアは恐る恐るといった顔で僕を見上げてくる。

「うん、あそこが家」

後ろの城塞を指した途端にセティアはバタンッとその場に倒れてしまった。泡まで吹いているぞ。

「うわっ、どうしよう？」
「放置がよろしいかと」
「そんなわけにいかないでしょっ！　面倒ごとを避けようとしないでください」
「チッ！」
「舌打ちもしない！」

気絶したセティアを馬車まで運び、なんとか城塞まで連れ帰った。

城塞に戻ると、気絶しているセティアを自分のベッドに寝かしつけた。

ウーラン族を恐れてみんなが怖がってしまい、誰も部屋を貸《か》してくれなかったのだ。

僕のベッドなら広いし、寝心地もそれほど悪くないだろう。


「セティアは大丈夫かな？」

「気絶というよりも疲労がピークに達して寝てしまっているようです。このままにしておけばいいでしょう」


カランさんが太鼓判《たいこばん》を押してくれたので僕も安心できた。

「ホッとしたらトイレに行きたくなっちゃったよ。ちょっと失礼するね」

僕は専用トイレに入って個室の扉を開いた。

だが、奥の個室で僕は予想外のものを見てしまう。

「え……」

「あ……」

アイネが便座に座っていた。

スカートのおかげで大事なところは見えていない。

ただ、脚の間に引っかかった白いコットンのパンティーが……。


「うわあっ、ご、ごめん！」

「きゃあああああっ！　ご、ご城主様。いらっしゃるのならそう言ってください。わかっていればもう少しましな下着でお出迎えしましたものを」

「なにを言っているかぜんぜんわからないよ！」

視線を逸《そ》らせて扉を閉めようとしたら、短剣を手にしたカランさんまで飛び込んできた。

「何事ですか！」


そんなナイフをどこに隠していたのだろう？

カランさんが武器を携帯しているなんてちっとも知らなかったよ。

「違うんだ。賊とかじゃなくて、アイネがここにいてびっくりしちゃってさ。鍵《かぎ》をかけてなかったからうっかり……」

カランさんの目がスッと細くなった。

「まさか、ご城主様のトイレを勝手に使ったというのですか？」

静かに詰問されてアイネはしどろもどろだ。

「それは、その……、最初はお掃除をしていたのですが……」

「一般兵や使用人は上階のトイレを使うことさえ禁止なのよ。それなのにここを使うなんて、なんてことをしてくれたの！」

「まあまあ、トイレを使うくらいいいと思うんだけど」

「いいえ、罰を与えなければ他に示しがつきません」

このままだとアイネがひどい目に遭《あ》ってしまうかもしれない。

何とかしなくちゃ。

「アイネには僕が頼んだんだ！　モニターになってほしくて」

「本当ですか？」

肯定するようにアイネに無言でサインを送った。

「はっ？　……はいっ！　ご、ご城主様がいいとおっしゃいまして……」

「改善点なんかを知りたかったんだよ。今後も特別な部屋を作るから、そのたびにカランさんとアイネにも使ってもらって、使用感を教えてもらうことにするよ」

「私も……ですか？」

カランさんが目をパチパチさせながら話に喰《く》いついてきた。

デレるまではいかないんだけど、この微妙な変化が僕には堪《たま》らない。

「もちろんさ。何を作るかはまだ内緒だけど期待していてね」

「承知しました。すべてご城主様にお任せいたします」

「ということで二人とも出て行ってくれるかな？」

「はっ？」

「そろそろ用を足したいんだよ」

「これは失礼いたしました」

出て行くときに、アイネはにっこり笑ってほんの少しだけ頭を僕の肩に預けた。

本当にずるいと思う。

僕はチョロいから、そんなことをされたらなんでも許してしまいそうだった。


洗面所で手を洗っているると遠慮がちのノックの後にカランさんが入ってきた。


「どうしたの？」

「先ほどの少女が目を覚ましました。いかがしますか？」

「執務室のソファーで待ってもらって。それとアイネにお茶とお菓子《かし》の用意をたのんでください」

「承知しました」

カランさんは一礼して出て行った。

さて、セティアの話を聞いてみるとしよう。

執務室に入っていくとセティアはヤモリのように窓に張り付いて外を眺めていた。

膝がカクカクしている。

どうやら震えているようだ。

「セティア？」

「ご、ご、ご城主様！　こ、ここはなんなのですか？　み、見えない壁が……」

「それはガラス窓っていうんだよ。いい眺めでしょう？」

「は、はは……。さすがは城塞の主《あるじ》の部屋ですね。庶民の暮らしとはぜんぜん違います。は、はははは。……そうじゃないっ！」

セティアは脳の回路が繋《つな》がったかのようにいきなり直立してから頭を下げてきた。

「さ、先ほどは助けていただき、ありがとうございました！」

「そのことはもういいよ。お、手の怪我はカランさんが治療してくれたみたいだね」

きっと、僕がトイレにいっている間に治癒魔法を使ってくれたのだろう。

「お、おかげさまですっかり良くなりましたので、そろそろお暇《いとま》を……」

セティアは追い詰められた草食動物が逃げ場を探すようにキョロキョロしている。

「まあまあ、今お茶の用意をしてもらっているからくつろいでいってよ」

いいタイミングでアイネが紅茶とサンドイッチを運んできた。

「とんでもない、私風情がご城主様の執務室でお茶だなんて……グギュルルルルキュルウウウウ……」

セティアのお腹《なか》がものすごい音を立てて鳴り、彼女は赤面して手で顔をおおってしまった。

「ご、ごめんなさい。ここ何日かまともにご飯を食べていなくて……」

「だったらなおさら食べた方がいいよ」

セティアを席につかせてサンドイッチを勧めた。

「い、いただきます」

少しためらった後、セティアは一心不乱にサンドイッチを食べだした。

よほどお腹が空《す》いていたのだろう、目の端に少し涙が滲んでいる。

「よかったら僕の分も食べてね」

「う、うぅ……。い、いただきます……。最後に食べたのは落ちていた木の実と草のスープでした。こんなに美味《おい》しいものは久しぶりで……」

ダボダボのローブを着ているからわかりづらいけど、セティアはかなり痩せているようだ。しっかり食べさせてあげないとならないな。

サンドイッチを食べ終えて人心地ついたセティアに質問してみた。

「ウーラン族は東の方に住んでいるのでしょう？　それなのにどうして西の辺境であるガウレアまでやってきたの？」

「それは……大ババ様のご命令です。西へ行けば大いなる運命が開けると言われまして……」

「大ババ様？」

「大ババ様は私たちウーラン族の巫女《みこ》です。齢《よわい》二百歳以上で、大ババ様にかかれば見通せない未来はないと言われています」

「そういえばウーラン族は未来を見る力があるって聞いたよ。もしかしてセティアも見えるの？」

興味本位で訊《き》いたらセティアは全身全霊で否定してきた。

「わ、わ、私は未熟でして、漠然としたこと、それも自分に関《かか》わりのあることだけがぼんやりと見えるだけでして」

「それでもすごいじゃないか」

「いえいえ。ガウレアの町に入ったのも、そこへ行けば美味しいご飯が食べられそうだという未来が見えたからなのです。まさかご城主様にご馳走《ちそう》になるとは思ってもみませんでした」

セティアは恥ずかしそうにティーカップを両手に包んで、顔を隠すように紅茶を飲んでいた。

「なるほどなぁ。でも少しだけ残念だ。もし自分以外の未来も見えるのなら僕のことも予言してもらえたのにね」

「も、申しわけございませんん！」

「いやいや、責めているわけじゃないから、追い詰められたスライムみたいにプルプル震えないで。……そうだ、セティアは自分と関係のあることなら未来が見えるんだよね？」

「ま、まあ、それなりに……」

「だったら僕とセティアの関わりを見てよ」

「そ、それは……」

「問題があるのなら無理にとは言わないけど」

「いえ、ご城主様のためならやります。やらせてください！」

セティアに紙とペンを用意するように言われた。

「同じウーラン族でも、人によって予言の仕方は様々です。はっきりと見えて、それを意識できる者。自分が媒体になって無意識の状態で絵としてあらわす者などいろいろです」

「セティアの場合は？」

「私は無意識状態で文字に起こします。術を使っている最中は自分が何を書いているのかはわかりません」

未来を見ている最中は自我《じが》をなくしてしまうようだ。

「それでは始めます」

セティアは右手にペンを持ち、左手の人差し指と中指を立てて額につけた。

魔力が展開されたのだろう、指と額の接合部が白く、まばゆく、輝きだす。

それまでのおどおどした態度は鳴りを潜め、ゆったりと半眼になったセティアは別人のようだ。

なにやら不思議な魅力が漂い始めて、神々《こうごう》しい美しささえある。

これがトランス状態というものなのかな？

しばらく見守っているとセティアは素早くペンを動かして、箇条書きで何かを書き連ね始めた。

ずいぶんと長い時間が経《た》ったように思われたけど、じっさいには一分もかからずに予言は終了した。


「ふぅ……、こちらが結果です」

未来を見るという作業は僕が想像した以上に体力を消耗するのかもしれない。

セティアは少しやつれたような顔で未来の書かれた紙を渡してきた。

どれどれ……。


「セティアとタケルは心の底から信頼し合える仲間となるだろう、か。いいじゃない。僕たち、友だちになれるみたいだよ」

「お、恐れ多い……」

「えーと、次はなんだ？　セティア、タケルの助力を得て大望の薬を作るものなり、だって。大望の薬ってなんだろう？」

「わ、私もよくわかりません。私の本業は薬師なので、作りたい薬はたくさんあります」

へぇ、セティアは薬を作るのが仕事なのか……。

「それから、二人の相性は良きものなり。特に体の相性は良く、一度床を共にすればその快感は……」

バッ！

死神みたいな形相のセティアに紙をひったくられた。

「セティア……？」

「わ、私は未熟者で、たまにとんでもないことを予見して……。うがあああああああっ！」

「落ち着いて！」

正気を失ったのか、セティアは予言が書かれた紙を口に突《つ》っ込んでムシャムシャと食べている。

「…………」

そして、僕とカランさんとアイネが見守る前で再びバタンと倒れて気絶してしまった。

行くあてのないセティアの面倒を見ることにした。

名目は城主の助手で、僕が個人的に雇《やと》い入れる形である。

僕も国から悪くない給料をもらっているのでセティアを雇うくらいは何とかなるのだ。


「なんとお礼を申し上げていいやら……」

「予言によると、僕らは協力してすごい薬を作るんでしょう？　僕も楽しみだよ」

「薬を作り上げたときは、必ずご城主様に献上いたします」

「え～、僕は今のところ健康体だよ。薬は困っている人に使ってあげて」


セティアは僕の顔を不思議そうに見た？


「ど、どうしてそんなに優しくしてくださるのですか？」

「う～ん……、僕も異世界人としてみんなから怖がられているんだ。本当はぜんぜん怖くないのにね。だから、ウーラン族であるというだけで避けられているセティアを放《ほう》っておけなかったのかもしれないね」

「ご城主様……」

「それに、かわいい女の子が困っていたら助けたくなるもんだよ」

「か、かわいい？　そ、そんな、わ、私なんてブスだし、もう三日も水浴びすらしていなくて汚くて、服だって……」


またセティアがワタワタしだしたぞ。

三回目の気絶はやめてほしい。

なんとか落ち着かせようと考えていたらカランさんが前に出た。

「言われてみれば少々匂《にお》いますね。着替えを用意するので、まずは水浴びをしていらっしゃい」

「そんな。もったいないので……」

セティアはすぐに遠慮するけどカランさんは取り合わない。

「ご城主様の前で見苦しい姿は許しません。助手になるというのならそれ相応の格好をしてもらいます」

「はっ、はい、ごめんなさい！」

セティアはカランさんに引っ張られて行ってしまった。

そういえば僕もお風呂に入っていないな。

ガウレアでは水が貴重なので、城主といえども毎日お風呂に入れない。

体を洗うお湯が執務室に運ばれるくらいのものだ。

もう少ししたらお風呂に入れてくれるとカランさんも言っていたので楽しみにしている。

ただ、城塞のお風呂はあまり期待できそうにないんだよね……。

まだ見てないけどだいたいの予想はつくよ。

だって、トイレがあれだもん……。

やっぱりお風呂も自分で作ってしまう方がいいんだろうなあ。

僕は今後の行動予定を決めた。

まずは自室に照明を取り付けて、それからお風呂の設置だ。

さて、どんな照明にしようかな？

カッコいいのはやっぱり間接照明だよね。

具体的には……。

僕は集中して魔力を巡らせた。

すると目の前の空間に照明のカタログが現れる。

これも最近見つけた『工務店』の能力の一つだ。

見た目は枠のないタブレットって感じかな。

このカタログは僕以外の人にも見せることが可能だ。

カタログをフリックして自分好みのものを選んでいく。

こうしてカタログでアイテムを確認すると、じっさいに作製できてしまうのが『工務店』のすごいところだった。


天井《てんじょう》や足元の壁を変形させて光源を埋め込んだ。

これも水道と同じでエネルギーがどこからきているかはわからない。

ただ、知らない次元から無尽蔵に送られてくることはわかっているので気にしないで取り付けていく。

やっぱりリモコンスイッチは絶対に必要だよね。

現代人って面倒くさがりになっているもん。

小学校の頃は寝るときにドア横のスイッチまで起きていったものだけど、中学になって家をリフォームしたときに照明がリモコンになった。

便利すぎて、もう元には戻れないよ。


大きな窓からオレンジ色に染まる夕焼けが見えた。

今日も城下町は平和そうだ。

きっと夕飯の支度《したく》をしているのだろう、家々の煙突からは白い煙《けむり》が何本も上がっている。

そろそろ日の入りの時刻だな。


「失礼します。火をお持ちしました」


ロウソクを手にしたアイネとセティアが入ってきた。

水浴びを終えて着替えたセティアは見違えるようだ。

肌は透き通るようになっているし、緑の髪もふんわりとした。


「その服はどうしたの？」

「ア、アイネさんの普段着をお借《か》りしました。」


アイネはいつもメイド服だけど、仕事がないときはこの地方の民族衣装を着ているそうだ。

細かい花柄の付いたブラウスに、大きなひだが特徴のプリーツオーバースカートである。

スカートの色は緑を基調として裾《すそ》には赤い生地《きじ》があしらわれている。

こちらにも細かい花の柄がついていた。


「かわいいね、よく似合っているよ。アイネもありがとうね」

軽く褒めただけなのにセティアは顔を真《ま》っ青《さお》にしてムンクの叫《さけ》びみたいなポーズをとってしまった。

せっかくかわいかったのに残念だよ。

僕の周りにはクセの強い女性が多い……。

「ご城主様、テーブルのランプに火を入れますね」

アイネが明かりを灯《とも》そうとするのを僕は止めた。

「ちょっと待って。しばらくこのままにしておいて」

「ですが、もう夕方です。すぐに暗くなってしまいますよ」

「うん、僕は暗くなるのを待っているんだ。見せたいものがあるから二人もつき合ってよ」

三人でソファーにかけて待っていたらカランさんもやってきて、けっきょく四人で日暮れを待つことになった。

やがて山の端にあった最後の残光が夜の闇《やみ》に飲まれた。

「ご城主様、もう真《ま》っ暗《くら》ですよ。いったい何をなさりたいのですか？」

少しイライラした声でカランさんが聞いてきた。

カランさんは無駄《むだ》なことが嫌いなんだよね。

「ご城主様、怖くはないですか？　私が手を握っていますね」

「はぁ……、暗いところは落ち着きます……」

アイネとセティアは平常運転だ。

「そろそろいいかな。それじゃあ、この部屋に取り付けた照明を試してみるね……」

「照明？　新しいランプですか？」

「それは見てのお楽しみ。ではカウントダウン。3、2、1」

ピピッ！

手元のリモコンで『全灯』を選択すると、すべての照明が点灯した。

「な、なんですかこれはっ⁉」

よしよし、今日もカランさんの驚く顔が見られたぞ。
アイネとセティアも口をあんぐりと開けて驚いている。
照明は天井の際に沿って四本、部屋の四隅に四つ、足元を照らすものも忘れていない。

「昼間よりも明るいなんて……」

カランさんの手が小さく震えているぞ。
えへへ、やったぜ！

「これで夜も書類仕事がしやすくなったよ。なかなかいいでしょう？」
「す、素晴らしいです……」

カランさんの口から素晴らしいをいただきました！
それだけでも照明をつけた甲斐《かい》があったというものだ。
でも、こうして見ると執務室の壁ってけっこう汚いな。
長い間放置されて煤《すす》けているのだ。
次は壁紙でも張ろうか？

僕と同じことを考えたのかカランさんが口を開いた。

「よく見ると拭き残しがたくさんありますね。壁は仕方がないとしても、床がこれではいけません。アイネ、どういうこと？」

「も、申し訳ございません！　暗くて見えなかったのです」

「暗い？　大きな窓のあるこの部屋はどこよりも明るかったはずですよ」

カランさんに叱《しか》られてアイネはすっかり恐縮している。

「これはお仕置きが必要ですね。鞭打《むち》ち五回くらいでしょうか……」

「鞭打ち！　それはちょっと厳しすぎじゃないですか？」

この世界のことはよくわからないけど、暴力は良くないと思った。

「これでも甘すぎるくらいですよ。ご城主様の専属メイドは他の者の模範にならなければなりません」

いつの間にかカランさんの手には乗馬用の鞭が握られていた。

「えっ！　いったいどこからそれを出したんです？」

カランさんが着ているのはピッタリとしたスーツだ。

スカートもタイトなロングスカートである。

隠しておく場所なんてないはずなのに……。

カランさんは僕の質問を無視してアイネに向き合った。


「さあ、お尻《しり》を出しなさい。折檻《せっかん》してあげます」

「うぅ……」


目に涙をいっぱいためたアイネがスカートを持ち上げようとした。


「待って。そんなことをしたって無駄だよ」

「無駄ではございません。人間を躾《しつ》けるのに恐怖と痛みは有効だと考えます」

「恐怖で支配しているだけでしょう？　それはダメ」

「どうしてですか？」

「体罰っていうのは信頼関係を崩すと思うんだ。それに恐怖による支配だと、それ以上の成長を阻害する恐れもあるよ」

って、倫理の中村《なかむら》先生が言っていた！

「アイネは僕の専属メイドでしょう？　自分で判断して行動できるように、もっと成長してもらわないと困るんだ」

カランさんはじっと僕を見てからうなずいた。

「承知いたしました。そういうことなら鞭打ちはやめておきましょう」

そう言ってブラウスの襟元《えりもと》を開き、胸の谷間にスルスルと鞭を入れていく。

はいっ？

どうやったらあれが収納できるわけ？

ぴったりとしたスーツは均整の取れたボディラインを反映して、なんら型崩れを起こしていない。

もしや、胸の谷間に次元収納が？

探究心は尽きないけど、確かめる術はない……。

「アイネには別の罰を与えましょう。この部屋を徹底的に掃除するのは当然として、兵士用のトイレも一人で清掃してもらいますからね」

「承知しました……」


アイネはしょんぼりとうなずいていた。

あのトイレを一人で掃除か。

僕なら二十回は吐いてしまいそうだよ。

次はいいものを作ってアイネを慰《なぐさ》めてやろう。


「ところでセティア、どうしたの？」

セティアは両手のひらで顔を押さえている。


「いえ、私にはちょっとまぶしすぎて……」

「これで？　この部屋の照明はね、こんなこともできるんだよ！」


僕はいたずら心いっぱいに『パリピ』と書かれたボタンを押した。

一瞬だけ部屋は真っ暗になったが、すぐにフラッシュライトが明滅する。

それだけじゃない。

三原色の照明が天井から降《ふ》り注《そそ》ぎ、青や紫のネオンが床や壁を照らし出した。

これはもうクラブのフロアみたいだぞ。

名付けてパリピ照明だ。

もっとも、僕はクラブになんて行ったことないけどね。

「ご城主様、死ぬ！　セティア、死んじゃうっ！　なんだかわからないけど場違い感が許容度を超えています！」

「あはは、セティアは大袈裟《おおげさ》だなあ」

「ダメ、お許しをぉおおお！　ブクブクブク……」

うわっ、本当に泡を吹いて倒れちゃった！

「カランさん、治癒魔法を！　早くっ！」

「まったく、世話が焼けますね」

セティアを介抱するのに大わらわで、その日の作業はそこで終了となってしまった。

午前中の書類仕事が終わるとまた暇《ひま》になった。

セティアは森に薬草を探しに行っているし、カランさんは相変わらず事務仕事だ。

僕の相手をしている暇はない。

そしてアイネは一人で汚いトイレと格闘しているようだ。

僕としては作りたいものがたくさんあるけど、今日はアイネを元気づけられるような何かを作ってあげたい。

カタログをフリックして調べていくといいものが見つかった。

キャビネットである。

いわゆる箱型収納家具の一種だ。

きのした魔法工務店は家具付きの注文住宅も受注するので、こうしたものも作れたりする。

本当に魔法ってチートだよね。

さっそく自分のベッドの横に据え付けるとしよう。

ところで、どうして僕の部屋のキャビネットがアイネのためになるの、と思う人もいるだろう。

当然の疑問だ。

実をいうと、このキャビネットの中には冷蔵庫が備え付けられているのだ。

キッチン用のではなく、ベッドサイド用の小さな冷蔵庫ね。

察しのいい人はもうわかったんじゃない？

そう、冷蔵庫の中にはたくさんの〝いいもの〟が入っているのだ。

これらの中身もトイレのアメニティーのように自動で補充される。

しかも飽きがこないように種類は定期的に入れ替わる親切設計だ。

これを見ればきっとアイネも元気になるにちがいない。

でも、アイネだけを特別扱いするとカランさんが拗《す》ねてしまうかもしれないな。

あの人はあれで嫉妬《しっと》もするのだ。

見た目ではわかりづらいけど、他の二人を贔屓《ひいき》すると機嫌が悪くなることが多い。

いつものようにアイネ、カランさん、セティアの三人を呼んでお披露目《ひろめ》といこう。

キャビネットを作り始めてしばらく経った頃、書斎の方でアイネが僕を呼ぶ声が聞こえた。


「ご城主様、お風呂の用意ができましたよぉ！」

そうだ、今日はお風呂を沸かす日だったんだ。

ガウレア城塞に来てからは初めてのお風呂だからちょっと楽しみにしていたんだよね。


「今行くよー！」

キャビネット作りを中断して僕はアイネの元へ向かった。

アイネに連れて来られたのは薄暗い部屋だった。

「ここが脱衣所です。こちらでお洋服を脱いでくださいね」
「わかったよ。ありがとう」

お礼を言ったのだけどアイネは一向に出て行こうとしない。

「あの、まだ何か用？」
「え？　もちろんご城主様の入浴をお手伝いするのですわ」
「はあっ？　そんなの要らないよ。一人で入れるって」
「なにをおっしゃいますか。高貴な身分の方がお風呂に入るときは、お手伝いをするのが常識ですよ」

そうなの？
なんだか老人の入浴介助みたいだなあ。

「あのさ、どうしても手伝ってもらわないとダメなの？」

「とうぜんです。さもないと、またカランさんに折檻を受けてしまいますわ。さっきまで一人でトイレ掃除をしていたんですよ。ここでお手伝いをさぼったら、今度こそ鞭でお尻をぶたれてしまいます」

それはかわいそうだ。

ちょっと恥ずかしいけど、下半身にタオルを巻いてしまえばいいか……。

「わかったよ。じゃあお風呂にはついてきてもらうけど、あんまり見ないでね」

「承知しました。うふふ……」

僕が照れてオドオドしているせいだろう、アイネは嬉《うれ》しそうに笑っていた。

「さあ、服を脱ぎましょうね」

後ろに回ってアイネは器用に僕の服を脱がせていく。

脱いだ服は丁寧に畳んでカゴに入れてくれていた。

上半身を脱ぎ終わったところで僕はタオルを手に取って腰に巻く。

「あら、何をなさっているのです？」

「見られるのは恥ずかしいんだよ。アイネは平気なの？」

「見たことはございませんが、ご城主様のなら平気ですよ」

「いやいや、勘弁してよ」

「では、下の方は見ません。照れているご城主様のお顔だけを見ておきますね」

アイネは視線を逸らすことなく僕を真正面から見つめている。

これはこれでとんでもなく恥ずかしいぞ！

でも、とりあえず下を見られないのならまだマシか。

僕がぜんぶ脱ぐと、アイネも手早くメイド服を脱ぎだした。

「わわっ！　なにをしているんだよ！」

「このままでは服が濡《ぬ》れてしまいますから。ご安心ください。すべては脱ぎませんよ」

それなら安心……って、ちっとも安心じゃないぞ！

アイネが身に着けているのはけっこうな薄物で、体の線がかなりはっきり見えてしまっているじやないか。

うわぁ……、アイネってこんなに胸が大きかったんだ。


「さあ、こちらにどうぞ」

なんだかフワフワした足取りで浴室に入った。


それは僕の知らないタイプのお風呂だった。

一六平米ほどの部屋の真ん中に、デーンと浴槽が据えつけられているのだけど、蛇口《じゃぐち》や給湯器は見当たらない。

洗い場もなく、風呂桶《おけ》や椅子《いす》の類《たぐい》も一切なかった。

ここの窓も小さく、室内は薄暗い。

これなら僕の大事なところも見られなくて済むだろう。

その代わりアイネのこともあまり見られないけど……。

これがジレンマというものか。


「ずいぶんシンプルなお風呂なんだね」

「そうですか？　普通だと思いますが。もっとも、庶民の家にはお風呂なんてありませんけどね」

「町の人はお風呂に入らないの？」

「そんなことはありません。町にもちゃんとお風呂屋さんがありますよ」

お風呂は町民にとっても大切な娯楽になっているそうだ。

「ふ～ん、僕も町のお風呂に行ってみようかな。きっとここより広いんだろうね」

「それはやめた方がいいです」

「どうして？」

「町のお風呂のお湯はこんなにきれいじゃありませんから」

循環ろ過設備なんてないだろうから、垢《あか》とかがいっぱい浮いているのかな？

それはちょっと遠慮したい……。

バスタブに手を入れてかき混ぜていたアイネが僕を促《うなが》した。

「お湯の温度はちょうどいいようですね。さあ、お入りください」

久しぶりだからか、はたまた水質のせいか、お湯につかると肌がピリピリした。

「このお湯はどこから持ってきたの？」

「水魔法と火炎魔法が使える兵士たちが用意しました。これだけの量を沸かすとなると結構大変なんです」

総勢六人掛かりで沸かしたそうだ。

「町のお風呂屋さんも魔法で沸かすの？」

「町では火を焚《た》いて沸かしています。微妙な温度調節に魔法を使うこともあるとは聞いています」

町のお風呂はハイブリッドなのか。

いずれにせよ、この世界のお風呂はあまり魅力的じゃないな。

やっぱり自分の力で作るしかないだろう。

なんといっても僕には『工務店』の力があるのだから。

「それではお背中をお流しします」

アイネの手に握られたスポンジが優しく背中に当てられた。

「力加減はこれくらいでいいですか？」

「うん、ちょうどいいよ。ありがとう……」


女の人に背中を流してもらうなんて初めての経験だ。

緊張で硬くなってしまうよ。

アイネは肩の上、肩甲骨《けんこうこつ》のあたり、そして腰と、丁寧に僕の背中をこすっていく。

って、スポンジが首の前に来たぞ。

そのまま鎖骨《さこつ》におりて胸のあたりをこすられる。


「ま、前は自分で洗うからいいよ」

「そうはまいりません。私がカランさんに鞭で打たれるのを見たいのですか？」

「そ、そんなことはないけど……」


アイネは僕の顔をじっと見ながら手を動かし続ける。


「ちょ、ちょっと……これ以上は……」

「うふふ、かわいいですよ、ご城主様」

「待って、そこより下は！」

「あら、ここは凶悪」

「ストップ、アイネ！」

「ダメでございます♡」

♡

キャッキャウフフのお風呂タイムを満喫してしまった。

「ずいぶんとさっぱりされましたね」

「おかげさまで、きれいになったよ。なんだか体が軽くなったみたい」

全身を洗ってもらったからね……。

「それはようございました」

よし、夕方まではまだ時間があるから、キャビネット制作の続きをやってしまおう。

たぶん夜までには終わるだろう。

完成したらみんなを呼んでミニパーティーだ。

「アイネ、今夜寝室に来てくれないか？　見せたいものがあるんだ」

アイネは口に手を当てて小さく驚いた。

「夜にでございますか？　承知いたしました……。それでは身支度をしてうかがいますね」

お風呂のおかげか魔力も回復したし、ここからは集中して作業に当たらないとな。

なんとか夜に間に合わせないと。

「うふふ、困っているご城主様もステキですが、積極的なご城主様も悪くないですね」

アイネが何か言っていたけど、ちょうど着替えていたのでよく聞こえなかった。

部屋に入ってきたアイネは僕たちを見回してびっくりした顔になった。

「え？　カランさんやセティアもいるのですか？　（いきなり複数プレイとかハードルが高すぎるのですが……）」

アイネはブツブツと小声で何かをつぶやいている。

「遅かったね、アイネ。君が最後だよ」
「す、すみません。念入りに支度をしていたので……」

そういえばきちんと髪を結い上げ、洗い立てっぽいパジャマを着ているな。
僕の部屋へ遊びに来るとあって、少しでもおしゃれをしてくれたのだろうか？

「それではみなさん、これよりきのした魔法工務店が作製した新しいアイテム発表会をいたします」
「ワー、パチパチパチ！」

カランさんは義務的に、アイネは意外そうに、セティアは小首をかしげながら目を点にして拍手してくれた。

「ご覧ください、こちらのキャビネット。なかなかお洒落《しゃれ》ではありませんか？」

テレビの通販番組みたいな喋《しゃべ》り方になりながら、僕はキャビネットにかけていたシーツを取り払った。

「おー……」


三人の反応は薄い。

それはそうか。

僕が作ったキャビネットは豪華な品ではあるけど、これくらいのものならガウレア城塞にはいくらでもあるのだ。

短い四つ足の上には横長で重厚な本体が載っている。

全体的に大きく、どっしりとした造りだ。

木目が美しく、正面を彩《いろど》る彫刻も上品である。

だけど、このキャビネットの真価は見た目ではない。

「それではトイレ掃除を一人で頑張ってくれたアイネに、この扉を最初に開ける栄誉を贈ります」

そう宣言すると、なぜかそれまでがっかりしていたアイネの瞳《ひとみ》に光が戻った。

「よろしいのですか？」
「これはアイネを元気づけるために作ったんだよ。これからも専属メイドとしてよろしくね」
「ご城主様……」

アイネは目を潤ませて感動していた。

「さあ、開けてみて。中には素敵なものが入っているから」

両開きの扉を開けると目の前に冷蔵庫が現れた。

「これは……、白い箱？」
「冷蔵庫っていうんだ。いろいろな物を冷やしておく道具だよ。手前にスライドして開くんだ。その取っ手を引っ張ってみて」

冷蔵庫の中に何が入っているか、具体的には僕もまだ知らない。
みんなと感動を共有したかったので、あえて確かめておかなかったのだ。
四人でわくわくしながら、扉が開かれるのを待った。

アイネは恐る恐るといった手つきでドアをスライドさせた。

「おお！　いろいろあるじゃないか」

「このボトルはなんでしょうか？」

「コーラだよ。お、エナジードリンクもあるな。そういえば川上《かわかみ》はエナドリが好きだったよなあ」

氷雪《ひょうせつ》の魔術師になった川上は元気でやっているだろうか？

これを見たらきっと喜ぶだろうなあ。

川上だけじゃない、パラディンになった竹ノ塚《たけのづか》や聖女になった今中さんも狂喜すると思う。

冷蔵庫には飲み物だけじゃなくて、ポテチやチョコレートなどのお菓子もぎっしりつまっていたのだ。

それだけじゃない。

「大きなボトルもありますね」

「これは……シャンパンって書いてあるね。萌《も》え？　フランス語みたいだからちょっと読めないや」

「シャンパンとはなんでしょう？」

カランさんも興味津々《きょうみしんしん》で冷蔵庫の中を覗《のぞ》き込んでいる。

「シャンパンはお酒ですよ。シュワシュワってする」

「シュワシュワ?」


感覚がつかめないようでカランさんは難しい顔をしていた。

「今夜は無礼講だよ。なんでも好きなものを食べて飲んでね」


お菓子だけではなく、冷蔵庫の中にはチーズや生ハムなど、酒のつまみになりそうなものも入っていた。

キャビアなんて初めて見るけど美味しいのかな?

僕らは中身をすべて出してローテーブルの上に並べた。


「アイネはどれにする?」

「ご城主様は?」

「僕は久しぶりにコーラを飲んでみようかな」

「それでは同じものをいただきます」

「カランさんは?」

「シュワシュワのシャンパンとやらをいただきましょう」

大人だから問題なしだな。

「セティアは」

「わ、私はもうお気持ちだけでけっこうなので……」

「遠慮しなくていいんだって」

「それでは私もシャンパンとやらを……ごめんなさい」

これは意外だった。

「お酒が好きなの？」

「だ、大好きであります。ごめんなさい」

ウーラン族は十歳くらいからワインを飲み始めるそうだ。

見かけによらずセティアはお酒が強いのかもしれない。

それぞれの飲み物がはいったカップが全員にいきわたった。

「それでは、かんぱーい！」

コーラを一口のんだアイネが頬《ほお》を押さえた。

「口の中が弾《はじ》けます！　それに不思議な匂い……」

「嫌いだった？」

「いえ、びっくりしただけです。それに、なんだか後を引く美味しさです……」

アイネはコーラを気に入ってくれたようだ。

だが、それ以上に上機嫌だったのはカランさんとセティアだった。

「これは、なんときめ細かい泡なのでしょう。発泡ワインは飲んだことがありますが、これほど上質のものは初めてです」

「美味しいです、ハイ。その、お代わりをいただいてもよろしいですか？　ごめんなさい」

セティアも普段では考えられない積極性を見せているぞ。

僕は嬉しくなって二人の杯を満たした。

「どんどん飲んでね。まだまだたくさんあるから。ほら、チーズや生ハムも食べて」

「それでは遠慮なく」

「すみません、いただきます。面目ないです」


これがいけなかったんだと思う……。

シャンパンのボトルはたちまち空になり、酔ったセティアが叫んでいる。

「許してください！　許してください！　無口な女でごめんなさい、シロサイ！」

今の君はじゅうぶん饒舌《じょうぜつ》だ。

「セティア、酔っているね？」

「いいえ、まったく！」

どう見ても嘘《うそ》じゃないか。

「それよりも聞いてください」

セティアは酒臭《くさ》い息を荒らげながら僕に縋《すが》りついてくる。
普段なら考えられない行動だぞ。

「うん、どうしたの？」
「……大好きです」

いきなり告白された！

「あ、ありがとう」
「身の危険も顧みず、助けてくれたときからずっと好きでした。私、あの瞬間に決めたんです」
「な、なにを？」
「ご城主様のために死のうって」

重すぎっ！

「ほんとうれすよ、わたし……ご城主様のためな……ら……。スースー……」

あらら、セティアは寝てしまったな。

仕方がないからこのまま僕のベッドに運んでしまおう。

すぐそこだしね。

しかし、セティアがそこまで僕のことを思っていてくれたとは意外だった。

セティアを寝かしつけて戻ってくるとアイネがニヤニヤと僕を見つめた。


「なんだよ？」

「メンヘラに振り回されているご城主様が愛《いと》おしくて」


君は筋金入りか！


「僕が困っている姿を見るのがそんなに好き？」

「ちがいます。途方に暮れているご城主様が好きなのです」

「ニュアンスが微妙すぎて、違いがわからないよ」

「それよりもあれ、いいんですか？」

「あれ？　あ〜っ！」


気が付くとカランさんが缶の梅酒サワーを飲み干しているところだった。

それだけじゃない。

カランさんの前には何本もの空き缶や空き瓶《びん》が転がっているではないか。

「カランさん、これを一人で飲んだのですか？」

「そうですよ。異世界のお酒は美味しいですね」

う……、一見したところカランさんの様子は普段と変わりない。

お酒を飲んでも酔ったりしないでクールなままだ。

「ご城主様……」

「なにかな？」

「お代わりをください」

どうしよう？

すでに大量のお酒を消費しているぞ。

冷蔵庫の中にはまだ何本か残っているけど……。

「今夜はこれくらいで……」

「いや！」

「えっ？」

「カラン、もっと飲みたいの。やだやだやだやだぁ！」

幼児化した！

これがカランさんの第二形態なのか……。

「タケルぅ、もう一杯ちょうだぁい」

「じゃ、じゃあああと一杯だけ」

キャビネットに手を突っ込んで適当に取り出すと、果汁25％のミカン酎ハイだった。

これはグビグビ飲めちゃうやつじゃないのか？

危険すぎる……。

「えへへ、飲ませて」

「はい？」

「腕に力が入らないの。だからタケルが飲ませてぇ」

カランさんが僕の膝の上に飛び込んで、しなだれかかってきた。

その状態で胸に顔を擦《こす》りつけてくる。
なんか猫みたいだ。

「ご城主様のそのお顔、最高です。助けてほしいときはいつでも言ってくださいね」

アイネは困惑する僕を見てますます喜んでいる始末である。

「タケルゥ、早くお酒ぇ。くれないとカラン、泣いちゃうんだからぁ！」
「死ぬっ！　ご城主様のために死にますぅううう！　クー、クー……」

カランさんの泣き声にセティアの寝言が重なる。
カオスな夜はカオスなままに更けていくのだった。

目が覚めるとまた魔力が増えていた。
これなら仕事も早くなりそうだ。
『工務店』のスキルにも慣れは大いに関係していて、作れば作るほど技は研《と》ぎ澄まされていく。

技術を究めるため、今日も頑張って作業をしていこう。
本日は空に黒い雲がどんよりと垂れこめている。
これはそのうち雨になるかもしれない。
そういえば今日はちょっと肌寒いな。
いよいよ暖房の出番かもしれない。
寝室や執務室には暖炉があるけれど、これが活躍するのは冬になってからだ。
それまでは自前で何とかするしかない。
さて、一口に暖房と言ってもいろいろあるよね。
エアコンとかストーブとか。
でも、今日僕が作ろうとしているのはそのどちらでもない。
僕は床暖房を設置するつもりなのだ。
床暖房はいいよ。
足元から部屋全体が均一に温まるし、空気が汚れることもない。
乾燥だってしにくいからね。
さっそく作っていこうと思うんだけど、そうなると家具が邪魔だった。
どかさなくても作業はできるのだけど、その場合は余計な時間がかかってしまうのだ。
ここはいったん家具を外に運び出してから取り掛かるのがよさそうだ。
でも、ベッドとかは重いんだよね。

僕とアイネだけじゃ動かせないかもしれないな。

仕方がない、人手を貸してもらえるようパイモン将軍に掛け合ってみるとしよう。


将軍から休憩室の兵士を自由に使っていいとお許しが出たので、僕はさっそく休憩室に向かった。

兵士たちがいっぱいいいるエリアに来るのは初めてのことだ。

この先の大部屋が休憩室だな。

ざわざわと人の声がしているぞ。


「おはようございま~す」

挨拶《あいさつ》をしながら入っていくと兵士たちの会話がピタリと止んだ。

中には百人くらいの兵士がいたけど、一人の例外もなく、全員が僕のことを見つめている。

二百の瞳に射すくめられて僕も声を出しづらかった。

「あの……」

「…………」

う～ん、やりづらい。

だけど、僕は今日中に寝室の床暖房を作りたいのだ。

こんなところで立ち止まるわけにはいかない。

きのした魔法工務店の工期は絶対なのである！


「これから作業を行《おこな》うので二名ほどついてきてください。誰かお願いできませんか？」


そう声をかけたのだが、兵士たちは一斉に僕から視線を逸らした。

おいおい、あからさますぎないかい？


「し、失礼します。自分は腹の具合が悪くて……」

「お、俺《おれ》も用があるので……」


そんなことを言いながら逃げ出す人もいる。

いい加減に慣れてもらわないと困るよなあ。

僕が直接頼むよりカランさんを通した方がよかったかな？

でも、こうやって少しずつでもコミュニケーションを取らないと、溝はますます深まるばかりだろう。

みんなが僕を避ける中で二人の兵士がおずおずと手を上げてくれた。

一人は背の高いヒョロッとした兵士。

もう一人は背が低くてがっちりと筋肉質の兵士だった。

どちらも髭面《ひげづら》で年齢は三十代くらいだろうか？

背の高い方が僕に声をかけてくれた。


「グスタフ二等兵とバンプス二等兵であります。俺たちでよければお手伝いしますが……」


地獄で仏って、まさにこのことだよ。

どこにでも優しい人はいるんだなあ。


「ありがとう、助かったよ。それじゃあさっそく僕の寝室まで来てくれるかな？」

グスタフとバンプスは気のいい兵士たちで、僕らはすぐに打ち解けた。


「いや～、異世界人は人間の肉を食うと聞いていましたが、そんなことないのですな！」

「当たり前だよ、グスタフ。人肉を食うような化け物を、国がわざわざ召喚しないって」

「そりゃそうだ！」

「じゃあ、ご城主様の毛を煎《せん》じて飲めば病気が治るって言うのも嘘ですか？」

「やめてよね、バンプス。もしそれが本当なら、僕らは王宮に召喚された段階で丸刈りにされているさ」

「言われてみれば……」

「どうしても欲しいっていうのなら髪の毛一本くらいあげてもいいけど、たぶん効果はないよ」

「そうですね……」


バンプスは残念そうに肩を落とした。

てっきり三十歳くらいだと思っていたけど、年齢は二人とも二十代後半だったようだ。

ヒゲが生えているとよくわからなくなっちゃうよね。

荷物の搬出は二人に任せて、僕は床の端の方から不凍液の通るパイプを埋め込んでいった。

不凍液は転送ポータルを通って砂漠のような暑い場所につながっているらしい。

そこで熱せられた液体がこのパイプを循環して部屋を暖めてくれるという仕掛けだ。

だからランニングコストはまったく考えなくていい。

本当にこの『工務店』というジョブはチートだね。

グスタフとバンプスが頑張ってくれたおかげで夕食前に床暖房の設置は終わった。

「二人ともお疲れ様。おかげで仕事は終了だよ」

「これくらいお安い御用です。俺たちは兵隊よりも力仕事の方が向いているんですよ」

グスタフは陽気《ようき》に笑ってくれた。

「また仕事ができたら手伝ってもらってもいいかな?」

「もちろんです。いつでも声をかけてください。それじゃあ、失礼しますよ」

「ちょっと待って」

出て行こうとする二人を止めてキャビネットの扉を開けた。

「二人はこのあとも仕事?」

「ちがいます。今夜は歩哨《ほしょう》の役もねえし、飯を食ったら寝るだけでさあ」

「だったら、お酒も大丈夫かな?」

「酒ですか?」

グスタフと比べて無口なバンプスが反応する。

「うん、缶ビールでよければここで飲んでいきなよ」

「ビールとはありがたい！」


陶器のジョッキに注いであげたビールを二人は一気に飲み干してしまった。

なんとも豪快な飲みっぷりだ。


「ぷはーっ、美味い！　なんだ、このビールは？　ぜんぜん酸っぱくないぞ」

「この一杯を飲むために生きてきたような気がする……」


二人とも満足してくれたようだ。


「次回もぜひ自分たちにお申し付けを！」

「ご城主様のために頑張ります」


仕事ぶりもよかったから、用があるときはまたお願いするとしよう。

二人が去ると、新しい絨毯《じゅうたん》を敷いて、きのした魔法工務店一押しのクッションを置いた。

これでくつろぎのスペースが完成である。

さっそく床暖房のスイッチオンだ！

よし、いい感じに温《ぬく》まってきたぞ。

よく働いたから、クッションでゴロゴロするとしよう。
僕は絨毯の上に寝そべり、手近にあった本を引き寄せた。

寝室に入ってきたカランさんが驚きで足を止めた。

「この部屋、暖かくありませんか？」
「うん、床暖房ってものを設置したんだ。あ、絨毯の上に乗るときは靴を脱いでね」

カランさんは言われた通り絨毯の際で靴を脱いだ。

「足の裏が暖かい……」
「いいでしょう？　これでますますリラックスできる寝室になったよ。よかったらそのクッションにも座ってみて。人間をダメにするクッションって言われているんだ」
「これが？」

床に置いたパステル調のカラフルなクッションを勧めた。

「いろんな座り方があるんだけど、まずは立てて角にお尻をつけてそのまま腰かけてみて」

「こうでしょうか……？　え！」

「体にフィットして楽でしょう？」

「はい、驚きました。これは実に……快適ですね。この私がダメになることなどあり得ませんが……」


カランさんはうっとりと目を閉じた。


「何か飲む？」

「それではシャンパンをいただきましょう」


すっかりダメ人間じゃないか！

僕はソフトドリンクを勧めたつもりだったんだけど、カランさんはあっさりとお酒を要求してきたぞ。


「え～、また酔っぱらっても知らないよ」

「シャンパンくらいなら酔いません」

「昨日のこと、覚えていないの？」

「憶《おぼ》えておりますよ。昨晩もシャンパンをいただきました。とても美味しかったです」

「いや、問題はその後だよ。子どもみたいに甘えてきて大変だったんだから」

「私が？　ご冗談を」

本当に覚えていないのか？

それとも、昨日のあれはたまたまだったのかな？

一時間後

僕はクッションの上に座り、僕の膝の上にはカランさんが座っていた。

昨晩と同じ甘えっ子モード全開である。


「タケルゥ、床暖房って気持ちいいねぇ。カラン、気に入っちゃった」

「それはよかったですね……。ところで、そろそろ僕の膝から下りてもらえませんか？」

「ヤ〜ダァ〜！　カラン、タケルのお膝も気に入っちゃったんだもん。こうしてるとぉ、安心するのぉ。ふぅ〜、暑い……」

「ちょっ、ちょっとちょっと、カランさん、服を脱がないでください」

「だって暑いんだも〜ん。タケルゥ、シャツのボタンを外してぇ」

黒いブラジャーをつけた甘えっ子だなんて反則だよ！
その日も夜遅くまで駄々《だだ》っ子カランに付き合わされることになった……。

カランと報告書【アレがない……】

――と、以上が床暖房の概要であります。

カランはペンを置き、こめかみを揉《も》んだ。
窓から差し込む朝日がカランの目を容赦なく攻撃している。
昨晩は少々飲みすぎてしまったようだ。
だが、記憶はきちんとしている。
ご城主様の部屋で座り心地のよいクッションに座ったのだ。
ふん、何が人をダメにするクッションだ。
確かによいアイテムだったが私は少しもダメになっていない、とカランは思った。
カランはこめかみを揉み続けながら記憶を辿《たど》る。
それから、シャンパンをいただいたな。
美味しい酒なのでいつもよりは多めに飲んだが、正体を失うほどではない。
飲みながらご城主と歓談して……、それから部屋に戻ってきたのだ。
ほら、私はきちんとしている、カランはそう考えた。

ただ一つ解せないこともあった。

昨晩身に着けていた黒のブラジャーはどこにいったの？

寝る前に外したのだろうが、それはどこにも見当たらなかった。

レースをあしらったお気に入りのブラだったのだが……。

報告書を書き上げたカランはもう一度部屋を探してみたのだが、なくしたブラジャーはどうしても見つけることができなかった。

第三章

城塞の強化

ガウレア城塞にやってきてしばらく経《た》ち、僕の暮らしも落ち着いてきた。

トイレを作り、窓を広げ、照明をつけ、昨日は床暖房まで組み込んだ。

このように生活環境は大いに改善されたけど、本音を言えばまだまだぜんぜん足りていない。

理想の住まいに欠《か》けた大きなピース、それはお風呂《ふろ》だ。

どうせ作るなら、広くて大きな浴槽がいいよね。

泡の出るジェットバスも欲しいし、サウナや打たせ湯なんていうのもあるといいな。

そうそう、岩盤浴《がんばんよく》もあったらいいんじゃないか？

夢はどこまでも広がっていくけど、そうなると決定的に場所が足りない。

執務室に作るのは問題外だし、寝室に作ると寝るところがなくなってしまう。

寝室の隣は空き部屋だったよな？

たしかゲストルームだったはずだよな。

あれをもらってしまおうか……。


確認すると寝室の隣は五〇平米ほどの広い客室だった。

「ふむ、客室が二つ続いているのか」


この部屋を両方ともももらえれば一〇〇平米のお風呂を作ることができるぞ。

贅沢《ぜいたく》すぎるかな？

まあいいよね、いちおう僕は城主だし……。

それに、どうしても広いお風呂を作ってみたい。

きのした魔法工務店は可能性に挑戦し続ける企業なのだ！


ゲストルームを確認していたらカランさんがやってきた。

「おはようございます、ご城主様。何をされているのです？」


カランさんは今朝《けさ》もタイトなスーツをキリリと着こなし、クールな印象をバシバシ伝えてくる。

酔っぱらったときの甘えっ子モードが嘘《うそ》のようだ。


「ちょっと相談なんだけど、この二つの部屋を使わせてもらえないかな？」

「それはかまわないと思いますが、また何かお作りになるのですか？」

「今度はお風呂をね」

「浴室ですか？　浴室を作るのに二部屋も潰《つぶ》すのですか？」

カランさんは怪訝そうに眉《まゆ》を動かした。

「この世界のお風呂とはちょっと違うんだ」

「承知しました。ご城主様の能力を伸ばすというのは私の使命でもあります。どうぞご存分になさってください。パイモン将軍には私から話を通しておきます」

カランさんはなんだか印象が変わったな。

パッと見た感じは以前と同じなんだけど、前よりとっつきやすくなった気がする。

「ありがとう。それからグスタフ二等兵とバンプス二等兵を呼んでもらえる？　荷物の運び出しをお願いしたいんだ」

「すぐに手配いたしましょう」

キビキビとした動きでカランさんは行ってしまった。

さて、大仕事の前にしっかり朝ご飯を食べておくか。

僕は執務室に戻って机の上のベルを振った。

「…………」


あれ、おかしいな？

いつもならすぐにアイネが来てくれるのに、どうしたわけか今朝は返事がない。

忙しいのだろうか？

だったらこちらから行けばいいか。

アイネの控室は執務室のすぐ横だ。


「アイネ、いる？」

扉を開けると、アイネがびっくりしたように顔を上げた。


「ご城主様、おはようございます。どうされましたか？」

「朝ご飯にしてもらおうと思って呼んだのだけど……」

「大変失礼いたしました。どういうわけかベルの音がまったく聞こえませんでしたので……」

「しまった！　ごめん、僕のせいだ」

隙間風《すきまかぜ》がひどかったから気密性の高いドアに交換したのをすっかり忘れていたのだ。

このドアは防音性能も高いのでベルの音も聞こえなくなってしまったのだな。


「でも、困りましたね。これではご城主様の呼び出しに応じられませんわ」

「大丈夫、何とかするよ」


荷物の運び出しには時間がかかる。

だったらその間に内線をつけてしまえばいいのだ。

内線があればベルの音が聞こえなくても問題ないもんね。

執務室と寝室、それからアイネの控室につければ事足りるだろう。

やってきたグスタフとバンプスに指示を出してから、僕は内線の設置に取り組んだ。


「ご城主様、なにをなさっていられるのですか?」

執務室の壁に魔力を注《そそ》ぎ込《こ》む僕をセティアが不思議そうに見ている。

指先から紫電《しでん》が走り、バチバチとうるさい音を立てているので不安なのだろう。

「新しい工事だよ。今度は内線というものを作っているんだ」

「内線？　壁の中に紐《ひも》を通すのですか？」

「まるっきり間違いってわけじゃないね」


内線の概要をセティアに説明してあげた。


「離れているのに会話できるなんて不思議です。内線があれば谷の大ババ様ともお話しができますか？」

「さすがにそれは無理だなあ。僕の力はそこまでじゃないんだ」


僕のジョブは『工務店』であって『電話会社』ではない。

その仕事は後続の召喚者に任せるとしよう。

ん？

でも、電波塔と無線室は建てられそうな気がするぞ。

だったら無線機を使って……。

まあいいや、今は内線に集中しよっと。

きのした魔法工務店のモットーは小さなことからコツコツと、なのだ。

すべての配線を繋《つな》いで内線が完成した。


「さっそく試してみよう。セティア、呼び出し音が鳴ったらこの受話器を取り上げてね」

「しょ、承知しました。う、上手《うま》くできるでしょうか？」

「技術の要るようなものじゃないから安心して。こっち側を耳に当てて話すだけでいいんだから」

「は、話す？　私がいちばん苦手とする行為です……」


もう苦笑するしかない。


「僕には慣れてきただろう？　少しだけ付き合ってよ」

「も、もちろんです。喜んでお手伝いします！」


寝室に入ると、内線〇番のボタンを押して執務室を呼び出した。

プルルルル、プルルルル、プルルルル。

あれ、セティアが出ないな。

初めてだから戸惑っているのだろうか？

プルルルル、プルルルル、プルルルル。

おかしいなあ、まだ出ないや。

一回切って、もう一度説明した方がいいかな？

プルルルル、プルルルル、プルルルル、カチャッ。

お、出た、出た。


「セティア、聞こえる？」

「ハア、ハア、ハア……」

「いや、返事をしてくれないと通じているかどうかわからないんだけど……」

「ハア、ハア、ハア……、ご、ご城主様の声が聞こえる。す、好きすぎて幻聴？」


そういう道具だって説明したんだけどなあ……。


「セティア、一回落ち着こう。大きく息を吸って」

「息を……吸う」

「そうそう、そうしたら吐いて～」

「はぁ～～～～～～」

「どう、落ち着いた」

「は、は、はい。だいぶよくなりました」

まだ緊張しているみたいだけどさっきよりはマシか。


「音量はじゅうぶんだな。ノイズもないし、いいできだ」

「は、はい。すぐ近くにご城主様がいるみたいにはっきりとお声が聞こえます」

「便利でしょう？」

「は、はい。こ、これならお顔が見えないので、む、むしろお話しするのが楽かもしれません」


コミュ障発言だけど、セティアらしくてなんだかかわいいや。


「オッケー、これで実験は終了だ」

「えっ……」


セティアが寂《さび》しそうな声をあげた。

僕の作った内線は高性能だから音の微妙なニュアンスも拾ってしまうのだ。

「えーと……、もう少しお話ししようか」

「あ、は、はいっ！」

お互いの故郷のこと、薬のこと、これからのことなど、すぐ隣の部屋にいるというのに、内線でたくさんの話をした。

いつもよりずっとたくさん話せたので、二人の距離はまた縮まった気がする。

内線を取り付けて本当によかったよ。

でも、この内線が引き金になって僕の城塞での運命が大きく変化することを、このときの僕は知らなかった。


昨日は内線を作るのに終始してしまったから今日こそお風呂に着手しようと考えていた。

グスタフとバンプスによってすでに荷物は運び出されている。

書類仕事も終わったので、さっそく取り掛かろうとしたら机の上の内線が鳴った。

「アイネ？　どうしたの？」

「うお、本当だ！　本当にご城主殿の声が聞こえるぞ！」

てっきりアイネからの連絡だと思ったのに、聞こえてきたのは耳慣れない女の人の声だった。

「どなた？」

「我《われ》こそはローザリア王国軍、西方派遣部隊所属、エリエッタ・パイモン将軍であ〜る！」


内線で名乗りを上げられてもなあ……。


「パイモン将軍でしたか。どうしたんです？」

「すぐにそちらへ行くから待っていてくれ！」


待っているも何も控室は隣の部屋だ。

扉は瞬《また》く間に勢いよく開かれた。


「な、なに……これ？」


入り口でパイモン将軍が固まっている。

そういえば、パイモン将軍がこの部屋へやって来るのは初めてだったな。

どうやら大きな窓に驚《おどろ》いているようだ。

それと照明にも。

「こんなことって……」

「住みやすいように少し改造したんです」

「これが少し？　部屋の中がやたらと明るいぞ」

「照明もついていますから」


将軍の目が部屋のライトに釘《くぎ》付けになっている。

照明をパリピモードにしてびっくりさせたかったけど、それは自重《じちょう》しておいた。


「パイモン将軍がいらっしゃるなんて珍しいですね。今日はどういった御用で？」

問いかけると、将軍はハタと正気に戻った。


「そうだった！　内線とやらだ！」

「これがどうかしましたか？」

「カランに聞いて、実物を確かめにやってきたのだよ。これはいったいなんなのだ？」

「離れた場所でも話をするための道具です」

「どこにでも設置できるのだろうか？」

「城塞の中なら」

火や水の近くでなければ、基本的にどこでも設置できる。

「離れた場所、例えば城下町とかは？」

「それは無理ですね」

家の中にしか設置できないのが工務店というジョブである。

「では物見の塔から私の執務室にはどうだろう？」

「それなら大丈夫ですよ。物見の塔は外だけど、防水ボックスをつければ対応できます」

「そうか、それはありがたい！」

将軍は満足そうにうなずいている。

僕にもなんとなく察しがついた。

「兵からの報告を迅速に受けるために内線を引くのですね」

「その通りだ。これで素早く命令を出すことができるよ。すまないがさっそく取り掛かってもらえないだろうか？」

本当はお風呂を作りたかったのだけど、これも城主の務めだな。

「今日中に取り掛かりましょう。助手としてグスタフ二等兵とバンプス二等兵をお借《か》りしますよ。あの二人は真面目《まじめ》によく働いてくれるので、できたら僕の直属になってもらいたいのですが」

「好きなだけ使ってくれ。なんなら三十人くらい回してもいいぞ」

「とりあえずは二人でじゅうぶんです」

大盤振る舞いだなあ。

それくらい内線を重要視しているということか。

「ところで、内線というのはいくつまでつけられるのだろうか？」

「千個くらいならいけますけど、いっぺんには無理ですよ。僕の魔力が持ちません」

「そうか……。実はなるべくたくさんお願いしたいのだ。満月の日が近い。とりあえずつけられるだけつけてくれ」

「満月の日？」

「聞いていないのかい？　毎月、満月の晩になると北から魔物の大群が攻めてくるのだよ。満月の晩は魔物の力が増すから、それを利用するつもりなのだろう」

北というと城下町とは反対側だな。

どうりであちら側には人家がないわけだ。

「ちっとも知りませんでした。そういう事情なら最優先で頑張ります。将軍、城の見取り図はありますか？」

「いや、そういったものはないが」

「手描きの簡単なものでかまいません。大至急作って、子機を設置する場所に印を入れてください」

「助かるぞ、城主殿。見取り図についてはすぐに用意させるよ」

大量に繋ぐとなると交換機がいる。

どこかの倉庫にでも設置してしまおう。

「将軍、次の満月はいつですか？」

「十一日後だ」

時間はあまりないな。

すぐ作業に取り掛かるとしよう。

倉庫前で待っているとすぐにグスタフとバンプスがやってきた。

「グスタフ一等兵ならびにバンプス一等兵、お呼びにより参上いたしました！」

「あれ、二人は二等兵じゃなかったっけ？」

グスタフは嬉《うれ》しそうに片目をつぶってみせる。

「ご城主様の直属になりましたので昇進であります。ありがとうございます」

無口なバンプスも口ひげの奥で控えめな笑顔を見せていた。

給料や待遇など、二等兵よりはマシになるのだろう。

二人が出世したと聞いて僕の気分も上がった。

「それじゃあ今日もよろしく頼むよ」

僕らは協力して内線作りに取り組んだ。
高い場所への設置はグスタフに肩車をしてもらい、重い荷物はバンプスがどかしてくれた。
まず交換機を設置してから、最初の子機をパイモン将軍の部屋に、それから物見の塔にも取りつけた。
配線は見えないように石壁の中を通したかったけど、それをやると大量の魔力と時間が必要になってしまう。
今は時間を優先して仕事をするとしよう。

「次はどこかな？」

バンプスが見取り図を確認する。

「城壁の上の指令所です。防衛戦が始まれば、将軍はそこから命令を出しますので」

門番の詰め所、秘書官の詰め所など、全二十カ所に子機を設置したところで日が暮れた。
配線が長くなった分だけ僕の疲労度も上がっている。

「もうダメ、一歩も動けない」

夕飯も食べずにベッドに倒れこんだ僕を見て、アイネがすぐに寄ってきた。

大好物が彼女の目の前に転がっている。

すなわち、ズタボロになった僕のことだ。

「可哀《かわい》そうなご城主様。すぐ、楽な服装に着替えさせてあげますわね」

甲斐甲斐《かいがい》しくボタンを外していくアイネを今日は止めることができなかった。

魔力の枯渇による疲労で、口をきくのも億劫《おっくう》だったのだ。

「さあ、こちらも脱ぎ脱ぎしましょうねぇ」

男ってこうやって甘やかされてダメになっていくのかも……。

ズボンを脱がされながらそんなことを思った。

前は恥ずかしくて無理だったけど、今はトランクスを見られても気にならない。

こんなふうに逆支配されていくのかな？

「ご城主様……」

遠慮がちに声をかけながら入ってきたのはセティアだった。

視線を合わせることはできたけど、疲れていて声もかけられない。

「あの、薬草で作った特別なお茶をお持ちしたのですが……」

お茶？

……………あれ？

なんだろう、この匂《にお》いを嗅いでいると少しだけ力が湧《わ》いてくるような……。

「き、気持ち程度ですが魔力を回復する効果があります。ぜひ飲んでみてください」

アイネが僕の顔を覗《のぞ》き込んで聞いてくる。

「飲んでみます？」

薬草茶の香りが僕に力を貸《か》してくれる。

なんとか気力を振り絞って微《かす》かにうなずいてみせると、アイネはとろけそうな顔になった。

「すぐに飲ませて差し上げますからね♡」

僕の上半身を引き起こして、アイネはそのまま後ろに回ってくれた。
力の入らない僕はベッドの上でアイネに抱きかかえられる状態になっている。

「セティア、ティーカップを」

アイネが受け取ったティーカップを僕の口元に近づけてきた。

「フー、フー……。もういいかな？　はい、召し上がれ」

抱きかかえられながら飲ませてもらうなんて、これじゃあ授乳される赤ちゃんみたいじゃないか……。
自嘲的《じちょうてき》な考えが頭をよぎったけど薬草茶の香りには抗《あらが》えなかった。
魔力への渇望が僕の体を突《つ》き動かす。

「…………ゴク」

飲み下した一口がお腹の中で温かく広がっていく。

乾いたスポンジに水が染み込んでいくような感覚だ。

でも、まだ体は動かない。


「アイネ……もう……一口……」

「はい、ご城主様」


今度はさっきよりもたくさんの薬草茶を飲むことができた。

ああ、体に魔力がよみがえってきた。


「セティア……、助かったよ。今日はちょっと張り切りすぎちゃって……」

「本当はもっと飲ませてあげたいのですが、ブレガンドの葉は滅多に見つからなくて、これしかないのです。ごめんなさい」

「ううん、すごく楽になった。ありがとう……」


薬草茶を飲み干して僕は静かに目を閉じた。

明日も大量の作業が待っている。

きのした魔法工務店の工期は絶対だ。

満月までにあと二十カ所の子機を設置しなくてはならない。

それに、僕は他にも考えていることがある。

それさえあればきっと……。

意識を手放すと眠りはすぐに訪れた。


真《ま》っ暗《くら》な部屋で目が覚めた。

やけに気分爽快《きぶんそうかい》だ。

昨日は魔力枯渇を起こして倒れるように眠ってしまったけど、そのおかげでまたレベルが上がったらしい。

これなら残りの子機も今日中に設置できそうだ。

元気よく執務室に入っていくとカランさんがソファーで書類に目を通していた。

「おはようございます。もう体調はよろしいのですか？」

「うん、一晩寝たらスッキリしたよ。寝る前に飲ませてもらった薬草茶がよく効いたみたい。いつもよりずっと調子がいいんだ」

カランさんは書類に目を落とす。

「それなら報告を受けています。ブレガンドという薬草を配合した特別なお茶みたいですね」

「あれを飲んだらスーって楽になったんだ。今日元気なのもセティアのおかげだね」

「今後のこともあるので、セティアには今日もブレガンド草を探してもらうよう依頼しておきました。あのお茶があればご城主様の体調管理に役立ちましょう」


僕は気になったことをカランさんに伝えた。


「それなら、護衛にバンプスをつけてあげて。ほら、ウーラン族は恐れられているでしょう？　いつかみたいに危険な目に遭《あ》うといけないから」

「作業の方はよろしいのですか？」

「こっちの助手はグスタフが一人いればなんとかなるよ」

「承知しました。セティアの薬草はご城主様にとって、なくてはならないものになるかもしれません。念のためにバンプスを同行させましょう」

これで何の憂《うれ》いもなく作業に集中できるぞ。

満月の日まではあとわずかだ。
今日も頑張っていこう！

能力が上がったせいか午前中に残りの子機をすべて取り付けることができた。
魔力はだいぶ減ったけど少しは余裕を残しているほどだ。
一日ごとに成長しているんだなあ。
きのした魔法工務店が一部上場するのも遠いことではなさそうだ。
あ、異世界に株式市場はないか。
あるのかな？
冗談はともかく、子機の作製や配線作業に慣れたのがいちばんの要因だろう。
体が仕事を覚えたって感じかな。
今日もお昼ご飯が美味《おい》しいや！
お昼ご飯を食べながら、僕は上機嫌だった。

「もう絶好調って感じだよ！」
「それはようございました……」

給仕をしているアイネはつまらなそうだ。

「なんだかなぁ……。僕が元気だと気にくわないの？」

「そういうわけではございませんが……。やっぱり、弱っているご城主様の方が魅力的ではありますね」

「ひどいなあ」

「いいじゃないですか。ご城主様が大変なときは、心からお尽くしするのですから」


言われてみればそうかもしれない。

「まあ、今日も夜になったら倒れてしまうかもしれないけどね」

アイネの瞳《ひとみ》がギラリと光った。


「昨日みたいにボロボロですか？」

「うん、その恐れはある。なんたって、午後は防犯カメラを取り付けるから」

「防犯カメラ？」

「説明するのは面倒だから、後で実物を見てよ」

「頑張ってくださいね。その代わり、ご城主様がボロボロになったときは何でもして差し上げますから」

くちびるを舐《な》めながら微笑《ほほえ》むアイネが妖艶すぎた。


城塞のために何ができるか僕なりに考えた末、防犯カメラをつけることに決めた。

リアルタイムで敵の様子がわかればパイモン将軍も命令を出しやすいだろう。

高感度のカメラだから暗くてもある程度の画像は保証されるけど、やっぱり照明もつけた方がいいだろうな。

魔物と違って人間は夜目が利《き》かないから、照明があれば戦闘の役にも立つだろう。

映像を映し出すモニターも設置しないと……。

今日もやることはいっぱいだ。

本当はお風呂を作りたいんだけど、今は兵士と僕の命を優先させなければならない。

生き残らなきゃお風呂も楽しめないからね。


それから連日頑張って、城壁や城門にカメラを設置しまくった。

いつも限界まで魔力を使ってしまうので、夕方になると一ミリも動けなくなる毎日だ。

グスタフにおんぶされて運ばれる僕を兵たちは不思議そうに見ている。

僕が何をしているのか、どうして魔力を使い切ってしまうのかが理解できていないようだ。

でも、それもこれも明日までのことだ。

すべての準備は整った。

明日の午前中に配線を繋いで映像をモニターに映し出せばきっと……。

疲労の極限にあったけど僕の心は充実していた。


本日も魔力枯渇で担《かつ》ぎ込まれた僕を見てアイネとセティアは大騒《さわ》ぎだった。

アイネは瞳を潤ませてハアハアしだすし、セティアはお得意のムンクの叫《さけ》びになっている。


「あ〜ん、大変だわぁ♡」

「死んじゃう、ご城主様がしんでしまいますぅぅぅ！　城塞の中にお医者様はいらっしゃいませんかぁあ？」


こんなときにカランさんの冷静さはありがたい。

「アイネは発情してないでご城主様の靴を脱がせてさしあげて。セティアは薬草茶の用意を」

二人はすぐに仕事に取り掛かってくれて、一息つくことができた。

「ふぅ、やっぱりセティアの薬草茶はよく効くね。もう楽になってきたよ」

「よ、よ、よ、よかったです。私の薬が役に立って」

「チッ、ブレガンド草を根絶やしにしたいわ。そうすればご城主様はズタボロのまま……」

「アイネ、どうしてもお尻《しり》に鞭《むち》が欲しいようね。なんなら十発くらいくれてやってもいいのですよ」

「い、いえ〜、とんでもない。私はズタボロのご城主様を慰《なぐさ》めるのが好きなのであって、自分がズタボロになるのはちょっと……」

「では自重しなさい。それにしてもご城主様は連日無茶をなさいますね。内線の有用性は認めますが、防犯カメラというのもそれほど素晴らしいアイテムなのですか?」


僕は力なくうなずいた。

今日も疲労で喋《しゃべ》るのも億劫だ。

「明日になればわかるよ。それよりキャビネットからゼリー飲料を取ってきてくれないかな? 食事は喉《のど》を通りそうにないから」


何も食べないよりはマシだろう。

満月の夜まであと八日。やれることはすべてやっておきたかった。

カランと報告書【踏み込んだケア】

パイモン将軍とも話し合いましたが内線の有用性は計り知れないということで見解の一致をみました。実戦投入はこれからですが、情報伝達の超効率化は戦術に革命を起こすでしょう。このたびの防衛戦では必ず我々の予想が実証されると信じております。

しかもご城主様はまだ何かをしようと目論《もくろ》んでいます。彼の魔力がもつかが心配ではありますが、これまでの実績を鑑み、期待は大きく膨らみます。

ただ、ご城主様は頑張りすぎるきらいがあります。無理をさせすぎないように気をつける必要があるでしょう。精神面を含め、今後はもう少し踏み込んだケアが必要だと愚考する次第です。

カランはペンを置いて頬杖《ほおづえ》をついた。

そして、タケルのことに思いを巡らす。

タケルがここまで頑張ってくれるとは、完全に予想外のことだった。

「踏み込んだケアねえ……」

以前のカランだったら、それはあくまでも任務として行《おこな》うものだったはずだ。
だが、今のカランはタケルに対して特別な思いを抱きつつある。
カランは自分がいつも引く、他者との境界線をすでに越えていることを自覚していた。

☆☆☆

満月まであと八日となった。

「おはようございます、ご城主様。お加減はいかがですか？」


寝室に入ってくるとカランさんはベッドのわきに腰かけた。

そして僕の額《ひたい》に手を当てる。

冷たいカランさんの指がやけに気持ちいい。

どうしてだろう？

今日はいつもより距離が近い感じがするんだけど……。


「お熱はないようですね」

「すっかり元気だよ。それよりも……」

「なんでしょうか？」

「カランさんこそ大丈夫なの？」

「私はいたって普段通りですが」

いや、ぜんぜんそんなことないでしょう！

今朝はどういうわけか、ずっと引きつったような笑顔を浮かべているもん。

無表情がカランさんのトレードマークだよ。

絶対に何かあったとしか思えない。


「それならいいんだけど、今朝はずっと笑顔だから……」

「ああ、この慈愛に満ちた表情のことですか」

「そ、そう、それ……はは……」


どう見ても無理やり作っている笑顔にしか見えないんだけどなあ……。

しかも自分で、慈愛に満ちた、とか言っちゃうし。


「これはご城主様の心を癒《い》やすためにやっております」

「はい？」

「男の子は優しい姉的な笑顔に弱いとの研究結果を見ましたので」


シスコンは人によるんじゃないか？

僕も嫌いじゃないけど、これは違うと思う。

無理に笑顔を作っているせいか、カランさんのこめかみはピクピクしているもん。

でも、カランさんは僕のために慣れない笑顔を作ってくれているわけだ。

そう考えると、なんだかありがたいような気持になった。


「うん、カランさんのおかげで元気が出たよ。調子がいいから防衛戦に向けて頑張るね」

「ありがとうございます。そう言っていただけると、私も頑張った甲斐があるというものです。普段使うことがないせいか、顔面筋肉痛になったくらいですので」

「プッ、そんなに頑張らなくてもいいんだよ」


カランさんなりに僕を気遣《きづか》ってくれるのが嬉しかった。


朝食をすませるとモニターを設置するために城壁上の指令所へ向かった。

ちょうどパイモン将軍がいて、士官たちと打ち合わせをしていた。

「昨日も頑張りすぎて、ぶっ倒れたのだろう。もういいのかい？」

「まったく問題ありません。成長期ですから」

明日の僕は今日よりもビッグになる予定だ。


「それは大いに結構だが、本日はどういう用件かな？」

「監視カメラのモニターを設置しにきました。どこにつけたらいいかな？」

「モニター？　なんだ、それは？」

「ここに居ながらにして外の様子がわかる道具です」

「バカなっ！　そんなことが……。いや、城主殿ならあるいは可能なのかもしれないな。好きにやってみてくれ」


内線の実績で信頼を得ているのかもしれない。

パイモン将軍は快《こころよ》く僕の申し出を受けてくれた。

あんまり場所を取らないようにモニターはすべて薄型タイプにしよっと。

それぞれの映像は21型に映し出せばいいか。

カメラはぜんぶで二十台設置したから、21型のモニターを二十台と、大きく映し出せる100型を一つ作製するとしよう。

毎日三回ほど魔力切れの発作を起こしたけど、そのつどアイネとセティアが介抱してくれた。

魔力枯渇でのたうち回ったり、気絶したりする僕を、兵士たちは奇怪な生物でも見るような目で見ていた。

中には、あれは女に甘えているだけだ、という悪口もあったらしい。

でも僕は気にしない。

満月まではあとわずか。

そう、何度でも言ってやる。

きのした魔法工務店の工期は絶対なのだ！

そんなこんなで本日の夜までにすべてのモニターを完成させた。


「今日は……ここまでにしよ……う……」

倒れそうになった僕をアイネが支えてくれた。


「ご城主様、最高にステキです！」

「そんなに情けないかい？」

「それもあるけど、みんなのために頑張っているお姿が愛《いと》おしくて」

「そう……」

素直《すなお》に喜んでおこうかな。

「わ、私もそう思います。こんなになるまで頑張って……。お部屋で薬草茶を飲みましょうね」

二人に支えられて寝室まで戻った。

連日頑張ったので、ついにカメラからの配線をハブやモニターにつなぐことができた。

長かったけどこれで防犯カメラの設置は終了だ。

数は足りないかもしれないけど広角レンズや首振り機能で死角は作らないようにしてある。

今はこれでいいだろう。

必要があれば追加はできるのだ。


翌日、僕はついにパイモン将軍や上級士官たちを集めて、防犯カメラのお披露目《ひろめ》会を始めた。

「みなさん、お忙しい中をお集まりいただいて恐縮です」

将軍は怪訝な顔をしながら壁のモニターを指でつついている。

「この黒い板が戦闘の役に立つと聞いたが、本当だろうか？　私にはいまひとつ呑《の》み込めないのだが」

「これから説明しますよ」

手元のパネルを操作して、すべてのカメラとモニターを起動した。

「うおっ、板が光り出したぞ。これは……風景画？」

「いや、待て。この絵……動いているぞ。見てみろ、ここの枝が揺れている！」

「ま、まさか……」

士官たちがざわめく中で、一〇〇型モニターにへばりついていたパイモン将軍が振り向いた。顔は青ざめ、声がかすれている。

「ご城主殿、これは……」

「はい、リアルタイムの映像です。城壁に取り付けた十二台のカメラが今起こっていることをこのモニターに映し出しています」

「…………」

「みなさんあちらをご覧ください」

僕は城壁の上から北の平原を指し示した。

そこにはグスタフとバンプスがいて、大きく旗を振っている。

「次に1番のモニターをご覧ください」

モニターにも同じように旗を振る二人が映っていた。

「いかがでしょう？　これは防衛戦で役に立つでしょうか？」

パイモン将軍は何も言わず僕に歩み寄った。

そして痛いくらいの強さで僕の手を握《にぎ》りしめる。

「役に立つなんてもんじゃない！　これは革命と言っていい代物だよ！　内線といい、カメラといい、これさえあれば戦闘は大いに楽になるだろう！」

上級士官たちもウンウンとうなずいている。

よかった、これで防衛戦が有利になるのなら頑張った甲斐があったというものだ。

「ちなみにこんな機能もあるんですよ」

コントロールパネルをいじって1番のカメラをズームさせると、モニターにはグスタフとバンプスの生真面目《きまじめ》な顔がはっきりと映し出された。

ヒゲの一本一本が見分けられるくらい画像は鮮明だ。


「これはすごい！」

「操作の仕方を教えますので時間を設けてください。数名の専任がいるといいんじゃないかな？」

「承知した。さっそく教えてもらおう」

「問題は夜なんですよね。高感度だから暗いところでも撮影はできるのですが、どの程度はっきり映るかはまだわかりません」

「うむ、連中が攻めてくるのはいつも夜だ。満月だから明るいことが多いのだが、天気の悪い日は視界が最悪になる。我々もかがり火を焚《た》いて対応しているが暗いことは否《いな》めない」

人間と違って魔物は夜目が利くそうだ。

やっぱり照明は必須だろう。


「満月まではあと六日あります。それまでにできるだけ照明を取り付けますよ」

「照明というとご城主の部屋にあるあれか？」

「あれよりもっと明るいやつです」

「ふ〜む……」


将軍は実感がわかないみたいだけど、それは仕方がないか。

でも、どんな照明を取り付けよう。

僕はカタログを出してフリックしていく。

普通の防犯灯だと物足りないかな？

これでもいいんだけど、広い戦場を照らすには役不足だ。

ん？

おおっ！

これならいけるんじゃないか！

カタログで見つけたライトを見て、僕は小躍《こおど》りせんばかりに喜んだ。

問題は取り付け時間だけど、泣き言を言っている暇《ひま》はない。

魔物の襲来まではあと六日。

それだけあれば、なんとかなるはず。

そう、きのした魔法工務店は未来に挑戦し続けるのだ！

最初は無自覚に城主をやっていたけど僕の力が役に立つのなら試してみたい。

決意を胸に僕は午後の作業に取り掛かった。


満月の日。

山から顔を出した月は大きく、赤く不気味《ぶきみ》に輝いていた。

夜空に雲はなく視界は悪くない。

兵士たちは城壁の上に陣取り、魔物の襲来を待ち構えていた。

戦闘の役には立たないけど、僕も指令所に待機している。

これも城主としての務めだ。

それと照明をつけるタイミングは僕に任されている。

ほんの一〇分前まで作業をしていたので、きちんと点灯するかの検証作業はまだ行っていない。

ぶっつけ本番になってしまったけど、これがうまく作動すればかなりの戦力になるはずだ。

プルルルル！

物見の塔からの内線を受けた兵士が大声で叫んだ。

「敵襲ううううううううっ！」

いよいよ来たか。
兵士たちの緊張が一気に高まり、僕も息苦しくなってきた。

「城主殿は中に避難を」

パイモン将軍はそう言ってくれたけど、僕はそれを断った。
お飾りとはいえ僕は城主なのだ。
ここで逃げたら異世界の人々はいつまでたっても僕に心を開いてくれないだろう。

「でも足の震えが止まらないですね。私が手を握っていましょうか？」

戦闘が間近だというのにアイネは笑っている。

「みんなの前で恥ずかしい真似《まね》はやめてよね。それよりアイネとセティアは中へ避難した方がいいよ」
「いいえ、私はここでご城主様の震えている姿を見ておりますす。こんな機会は滅多にありませんので」

さすがは筋金入りだ。

「セティアは？」
「わ、私もここにいます。ご城主様は死にませんよ。わ、わ、私がお守りしますから……」
「無駄《むだ》なおしゃべりはもうやめなさい。ほら、来ましたよ」

それだけじゃない。
カランさんの指摘で荒野へ目を移《うつ》すと、地平線の端に黒くうごめく影を見つけた。
夜空にもチラホラ魔物の姿が見えている。

「あれ、ぜんぶ魔物なのか……」

地上を這《は》うアリの群れが大挙してこちらに向かってくるように見える。
再び伝令兵の声が響いた。

「敵の数、およそ３０００！」

うちの高校の全校生徒の七倍以上もいるの？
対して城塞を守る兵隊は三百人強らしい。

「弓兵、撃ち方用意。空を飛ぶ魔物から狙《ねら》え！　まだだぞ、もっと引き付けるんだ！」

パイモン将軍が腹に響く大声を張り上げている。
すごい、これが将軍の声か！

「将軍、矢を放《はな》つ直前に教えてください。戦場を明るく照らし出しますので！」
「……わかった」

緊張の時間が過ぎていく。
一秒が何十秒にも感じるくらいだ。
まだか？
まだ攻撃しないでいいのか？
素人《しろうと》の僕はジリジリしながらパイモン将軍の命令を待っている。

「城主殿、そろそろ灯《あか》りを！」

「はいっ！　頼む、点《つ》いてくれよ……」

震える手で必要以上に強くスイッチを押し込んだ。

城塞の兵士は後からこう述懐している。

「その瞬間、夜が昼に変わっちまったんだ。あれには驚いたぜ！」

またある士官はこうも述べた。

「伝説の魔法ラナルートかと思いましたよ。あんなもの、お伽噺《とぎばなし》の魔法と思っていたのですがね。異世界人の力を思い知らされましたよ。しかもぜんぜん予想もしていなかった形で……」

それくらいこの照明は強力だったのだ。

なにしろ、僕が取り付けたのはスタジアムに使われる特別なライトだったのだから。野球やサッカーのナイトゲームに使われるような代物である。これを城壁の側面に六百個もつけた。

そりゃあ明るいよね。

じっさい野球の試合ができそうなくらいだったよ。

点灯した瞬間は人間も魔物も驚きで動きが止まっていたもん。

最初に正気に戻ったのはパイモン将軍だった。

「これが城主殿の言っておられた照明か……」

ぼうっとしている時間はないぞ。

僕は大きな声で攻撃を促《うなが》した。

「将軍、今なら敵の動きが止まっています！」

僕の声にパイモン将軍が弾《はじ》かれたように反応した。

「おう！　総員、打ち方用意！」

将軍の声にぼんやりしていた兵士たちも頭を再起動させていく。

何百もの弓が構え直され、鋭い矢じりが魔物の群れへと固定された。

「これだけ明るいのだ。よく狙えよ……。撃てっ！」

無数の矢が放たれ、空の魔物を撃ち落とした。

「城主殿のおかげで命中精度が格段に上がっている。感謝するぞ！」

城塞の兵たちは矢を無駄にすることなく、次々と敵を仕留めた。

そうか、僕は明るくすることしか考えていなかったけど、照明をつけた場所がよかったのかも。

ほら、魔物にとっては真正面から強い光が射《さ》すわけじゃない。

まぶしくて攻めにくいはずだよ。

それで動きが鈍って矢をまともに喰《く》らうんだと思う。

ガウレア城塞は切り立った崖にあるから、地上からだと迂回《うかい》することもできないからね。

そこからはもう城塞側の一方的な攻撃が続いた。

モニターを睨《にら》んでいた兵士が叫ぶ。

「エリア16に魔物が侵入。第四部隊に内線で連絡、対応させろ！」

「こちら指令本部、第四部隊はエリア16に侵入した魔物を排除してください」

「第七部隊から内線、矢が底を尽きそうです！」
「第二補給部隊に連絡して向かわせるんだ」
「エリア32に魔物が密集しています。魔法兵に集中砲火を指示してください！」

よしよし、僕が設置した装置はどれもうまく機能しているようだな。

長いときは数時間にも及ぶと聞いていた戦闘は一時間もしないうちに終結してしまった。

「勝《か》ち関《どき》をあげろぉおおおっ！」

パイモン将軍の掛け声に城壁の兵士たちは武器を打ち鳴らして応《こた》えていた。

「ありがとう、ご城主殿。こんな勝ち戦は私の経歴でも初めてだよ。まさか戦死者が一人も出ないとはな！」
「お役に立てて僕も嬉しいですよ！」

ヒヤリとする場面はあったものの、負傷者を出しただけで済んでいる。

人が死ななかったことは本当によかった。


「初めての戦闘で緊張しただろう。後始末は我々に任せて、ご城主殿は自室に帰って休まれよ」

「ありがたくそうします。本音を言うと緊張と恐怖でもう限界だったんですよ」

「ははは、初陣《ういじん》なんてそんなものだ。タケル殿はよくやってくれた」


将軍は優しく僕の肩に手を置いた。


「え、いま僕の名前を……」

「そう呼んではダメかな？　私たちは同じ戦場を乗り越えた友だと思うのだが」

「もちろんいいですよ！」

「では私のこともエリエッタと呼んでくれ」

「わかりました、エリエッタ将軍」


将軍に認められて僕は嬉しかった。

これでガウレアの人々とも仲良くなれるかもしれない。

僕が横を通り過ぎると兵士たちはやっぱり怯《おび》えていた。

でも、そこには以前にはなかった感謝の気持ちみたいなものも含まれているような気がする。

その夜は、緊張しながらも僕に笑顔を見せてくれる人が何人もいた。

カランと報告書　【十七年ぶりの哄笑《こうしょう》】

別紙にまとめたとおり、このたびの防衛戦は大戦果となりました。戦闘とは直接関係ないながら『工務店』は有益なジョブと認めないわけにはいきません。

各方面から帰還要請が出ておりますが、ご城主様はまだそれを望んではおられません。以前にも触《ふ》れましたが、ご城主様はまだ成長段階にあります。今後のためにも、もう少しガウレア城塞で遊学してから、王都へ帰還するという形が最良かと存じます。どうぞご一考くださいませ。

カランはペンを置いてため息をついた。

体が熱く、どこか息苦しい。

戦闘の興奮がまだ冷め切っていなかったのだ。

「ご城主様のお力があれほどとは……。くくく……、あーっはっはっはっ！」

本人は気が付いていなかったが、カランが声を上げて笑うのは実に十七年ぶりのことだった。

第四章　夢のバスルーム

夜が明けた。

なんだろう、体が熱くてたまらない……。

ベッドの上で顔を赤くしていたら、起こしにきたセティアに心配されてしまった。

「ご、ご城主様、お熱があるのですか？　ど、ど、どうしましょう！」

「安心して、風邪《かぜ》なんかとは違うみたいだから。どこも痛くはないんだよ。ただ体が熱くて仕方がないんだ、ほら」

自分がどれだけ熱いかを教えようとセティアの手を握《にぎ》ったら、セティアの方が真《ま》っ赤《か》になって倒れてしまった。

「ご、ごめん！　セティア、しっかりして！」

「私の方こそごめんなさい、触れられただけで昇天《しょうてん》してごめんなさい、幸せすぎてごめんなさい……」

「あなたたちはバカですか？」

二人で顔を赤くしていたら後から入ってきたカランさんに呆《あき》れられてしまった。

「ご城主様のそれは魔力の成長期かもしれませんね。保有魔力量が大幅に上がると、そのような症状が出るのです」

だとすればこの熱さも歓迎すべきことなのかもしれない。

「それを聞いて安心したよ。この世界特有の病気にかかったかもって、心配していたんだ」

安心した僕はもりもりと朝食を食べて、早い時間から活動を開始した。

魔物の襲撃から一夜明けてみんなは大忙しだった。

僕もグスタフとバンプスと共に照明の点検をしている最中だ。

幸いなことに、昨日の戦闘で壊れた照明はなかった。

「あ、魔法で穴を掘っている！」

数人の魔法使いが協力して荒れ地に大きな穴を開けていた。

きっと土魔法を使っているのだろう。

「あそこで魔物の骸《むくろ》を焼くんですよ。放《ほう》っておくと腐《くさ》って、疫病が蔓延《まんえん》しますからね」

グスタフがうんざりした顔で教えてくれた。

「あんなにたくさん焼くのは大変そうだね」

「薪《まき》と魔法の両方をつかうんでさあ」

「あれ、あっちの荷車はなに？　魔物を運んでいるよ」

「ああ、あれはホーンラビットとかウィットルですな。どれも食べられる魔物です」

「魔物を食べるの？」

それは初めて知った。

「ご城主様も食べているはずですよ。ソーセージなんかに入れますから」

すでに食べた後だった！

加工肉って原料がなんなのかわかりづらいから、魔物を食べていたなんて知らなかったよ。

でもまあ、今さらだな。

体調に問題はないし、この世界ではそれが当たり前なのだから特に文句《もんく》もない。

郷《ごう》に入っては郷に従え、ということわざどおりだ。


「それにしても随分とたくさんあるよねえ。あんなにたくさん食べきれるのかな？」

「もちろん城でも食べますが、塩漬け肉にして全国に売り出されるんです。言ってみればガウレア城塞の特産品ですな」

「あ、やたらとしょっぱい肉があったけど、もしかしてあれ？」

「たぶんそれですよ」


草地の少ないガウレアの人々には貴重なタンパク源になっているに違いない。


「大量の肉を解体するのは大変なんだろうなあ……」

「早くしないと肉が傷《いた》んでしまうのですが、ここは水も少ないからいつも困っておりやす」


塩漬け肉を作るには大量の水を使うのだが、ガウレアの水資源は乏《とぼ》しい。

城塞では二本の風車を使って地下水を汲《く》み上げているけど、じゅうぶんな量は得られないそうだ。

肉の処理が最優先で、人々の汚れは後回しになっている。

これでは疫病が蔓延してしまうのではないか？

本当は今日にでもお風呂《ふろ》を作りたかったけど、先に兵たちの水場を作る方がよさそうだ。

外で作業できるように城塞の北側の壁に蛇口《じゃぐち》を三つ付け足した。

驚《おどろ》いたよ、僕のレベルはまた上がり、ぜんぶ取り付けるのに三十分もかからなくなっていたのだ。

まあ、蛇口も簡素なものを選んだから楽だったのだろうね。

作業をする兵士たちはいっぱい出てくる水に驚いている。


「あれは水魔法なのか？」

「わ、わからん。だが、いつまで経《た》っても尽きることがないぞ」

「ああ、いくらでも出てくる……」

「さ、さすがは異世界人だな」


また怖がらせちゃった？


「これで作業を頑張ってください」

「は、はい。恐れ入ります、ご城主様……」

少なくとも感謝されたから、まあいいか。

部屋に戻っておやつを食べていたらエリエッタ将軍が訊《たず》ねてきた。

「タケル殿が水道を作ってくれたんだって？　私も見てきたけどあれはすごいな！　軽く栓《せん》をひねるだけであとからあとから水が出てきて」

「喜んでもらえたようでよかったです」

「ありがとう、心から礼を言うよ。ところであの蛇口を町につけることはできるだろうか？　ガウレアは水が少ないから民も喜ぶと思うのだ」

「問題ないですよ。地区や集落をまわって一つずつつけていきましょうか？」

「それは助かる！」

「まあ、座ってくださいよ、将軍。アイネ、エリエッタ将軍にお茶をお出しして。それからキャビネットの中にレアチーズケーキがあったから、それも切って差し上げて」

「ケーキ？　本当に？　私は甘いものに目がないのだ……」

意外だな。

武闘派のエリエッタ将軍だから、てっきり甘いものよりお酒かと思っていた。

人は見かけに依《よ》らないという典型例だね。

レアチーズケーキを食べたエリエッタ将軍は体を震わせて天を仰《あお》いでいた。

「天国の味がする……」

感動してもらえたみたいだ。

「こんなに美味《おい》しいケーキは初めてだぞ！　これはそこのメイドが作ったのかい？　それともタケル殿が？」

「作ったというよりも入っていた、というのが正解ですね」

「……理解できないのだが」

キャビネットを見せてしまった方が早いな。

「寝室にいきませんか？　チーズケーキの秘密を教えますので」

「ほう、それは楽しみだ」

僕らはぞろぞろと寝室へ向かった。

キャビネットと冷蔵庫を開けたエリエッタ将軍はすっかり上機嫌だった。

「スイーツや飲み物が現れる箱だと？　こんな宝はどこにもないぞ！　伝説の古代魔導具より貴重な品なのではないか、これは？」

言われてみると、そうかもしれない。

何がすごいって、作製時に魔力を消費するだけで、その後のランニングコストがぜんぜんかからないことだよね。

もっとも耐用年数は平均で四年くらいだ。

一般的な家電と同じで、いつかは壊れてしまうんだよね。

防犯カメラや照明も同じなので定期的なメンテナンスが必要になる。

「ところでタケル殿、あの扉はなんだい？　前に来たときはなかったはずだが……」

「トイレを作ったのです。見てみます？」

「う、うむ」

トイレを見たエリエッタ将軍はアイネやカランさんと同じような反応をしていた。

「あー、タケル殿……」

「なんでしょう？」

「明日も遊びにきていいだろうか？　できれば早朝と十時と正午と三時のおやつと寝る前に……」

いりびたりですね。

「か、かまいませんよ」

「それではまた夜にくる。そのときはそこにあるチョコレートを食べさせてくれ」

この日から、エリエッタ将軍は暇《ひま》さえあれば僕の部屋にくるようになった。


魔物の襲撃を乗り越えて僕は大きく成長した。

とりあえず今日の仕事はない。

ということで、念願の風呂作りに手を付けるぞ！

予定どおり大きめの浴槽を作っていくとしよう。

ほら、誰《だれ》かと入る可能性もゼロではないもんね……。

みんな僕の作るものに興味を示すと思うんだよ……。

水着を着れば……うん、ありだ！

ダメなら一人で楽しめばいいや。

それにしてもみんなの水着かあ……。


「なんだかエッチなお顔をしていらっしゃいますね」

「カランさん！」


いつの間にか、すぐ横にカランさんがいた。


「ど、どうしたの？　なにか用？」

「うろたえすぎです。内線で連絡がありました。御用商人がご城主様に面会を求めております」


御用商人とは、城塞に備品や食料を納めることを認可された商人のことだ。


「僕に何の用だろう？」

「塩漬け肉の買い取りにきたようです。ついでだから、新城主様にご挨拶《あいさつ》をしておこうというつもりでしょう」

「う～ん、いいけど、いまちょっと手が離せないんだよ。とりあえず執務室にお通しして」

「承知しました。あと、わたくしが持っている水着は黒のビキニです」

なんですか、その唐突なカミングアウトは！

「なぜ水着のことなんて……」

「作業をしながら独《ひと》り言《ごと》をおっしゃっていましたよ」

くっ、不覚……。

「ご城主様がお望みになるのなら、ご一緒するのもやぶさかではありません、私は」

「え？」

「これも補佐役たる私の務めです。それでは失礼します」

「ありがとう……ございます……」

あー、恥ずかしい。

よりにもよって聞かれていたとはね。

でも、カランさんの黒ビキニ？

至高じゃないか！

なんだかさっきよりも気合いが入ったぞ。

さっさと、この排水用転送ポータルを仕上げてしまおう！


作業を終えて寝室で着替えていると、執務室の方から声が聞こえてきた。

「なんですの、これ⁉　外が透けて見える板？　それに天井《てんじょう》が光っている……」

声からして、商人は女性か。

それもまだ若い人のようだ。

「お待たせしました。城主の木下武尊《きのしたたける》です」

挨拶しながら入っていくと、御用商人は少し驚いていた。

若いお姉さんで、人懐っこい笑顔とピンク色の髪が特徴だ。

ものすごい美人というわけじゃないけど、愛嬌《あいきょう》があって、どこか惹《ひ》かれる顔立ちをしている。

「ボーン商会のフィービー・ボーンでございます。このたびのご城主は随分とお若い方なのですね。てっきりもっとご年配の方かと思っておりましたわ」

「それは自分も同じです。御用商人って、もっと恰幅《かっぷく》のいい中年の人だと勝手に想像していましたよ」

「父が急病で倒れて後を継いだのです。まだピチピチの二十四歳ですよ」


僕より六歳上か。

でも、雰囲気《ふんいき》はもっと年上って感じだ。

老けて見えるんじゃなくて、落ち着いた感じなのだ。

正直にそう言ったら気を悪くするかな？


「ボーン商会というのはガウレアにあるのですか？」

「いえ、本部は王都ローザリアにございます。こちらには支店だけです。支店ではガウレア特産のダイヤモンドや塩漬け肉を仕入れております」

「それはありがたいですね。じゃんじゃん買ってください」

素直《すなお》にお願いすると、フィービーさんはおかしそうに笑っていた。

口に手を当てて笑う姿はなかなかお上品だ。

「どうしました？」

「失礼いたしました。召喚者は恐ろしい存在だと世間では言われておりますが、こちらのご城主様はずいぶんと優しそうな方だと思いまして」

「その誤解は本当に迷惑なんですよね。僕や僕の同級生もぜんぜん怖いことはないんですよ」

「同級生？」

「僕らは二十四人同時に召喚されたのです」

「ひょっとしてヒライ・マサト様をご存知ですか？」

「クラス委員の平井《ひらい》！　もちろん知っていますよ。あいつ、元気にしていますか？」

「まあ、少し元気すぎでいらっしゃいますね」


フィービーさんは小さなため息をついている。


「なにかあったのですか？」

「こんなことをお耳に入れて申し訳ないのですが……」


フィービーさんは前置きを入れて、周りを憚《はばか》るように話し始めた。

「先日、機会がございまして召喚者数名をご接待いたしました」

フィービーさんの挙げた名前はいちいち聞き覚えのあるものばかりだ。

同級生が各地で活躍していることを知って僕も誇らしくなる。

「我々《われわれ》も感謝の気持ちを込めて一席設けたのですが、ヒライ様が少々悪酔いをされて……」

「平井が酔った？　信じられない」

クラス委員で、勉強がよくできて、いつでも冷静だった平井が？

というか、あいつら全員お酒を飲んでいるのか！


「ヒライ様の噂《うわさ》は聞いていたのですが……」

「噂ってなんです？」

「酔ったときの女癖の悪さでございます」

「ええっ！」


驚きの声を上げずにはいられなかった。

平井は重力の魔術師として名を轟《とどろ》かせる一方で、あちこちの女性を食いまくっているそうだ。

時にはかなり強引《ごういん》に関係を迫ることもあるらしい……。

「その日もヒライ様はかなりたくさんお酒を召し上がって、お酌《しゃく》をしに来た女の子に絡《から》んだのです。さいわい不動のパラディン・タケノヅカ様が止めてくださいましたので助かりました。あの方はたいへん優しい方ですね」

「竹ノ塚《たけのづか》が？　うん、昔からいいやつですけど……」

「味方のためなら、どんなに傷つこうが決して退《ひ》かない。誰一人見捨てない。不動のパラディンは下級兵士からも慕《した》われる存在でございますよ」

クラスでいちばんやんちゃだった竹ノ塚がねえ……。

良くも悪くも人は変わるのかな？

いや、強大な力を手に入れて、その人の奥にあった元々の性格が浮かび上がってきただけかもしれないけど……。

「あらいけない、私ったらつまらないお話をお聞かせしてしまいましたね」

「い、いいえ。同級生の消息を聞けてよかったです」

とりあえず、みんな元気でやっているようで安心した。

「ところで、あの透明な板はご城主様が？　それに部屋の灯《あか》りも……」

「そうです。僕は戦うことはできませんが、こういうことが得意です」

興味をもったフィービーさんに『工務店』のことを根掘り葉掘り聞かれた。

「前回の満月の夜には城塞が光り輝いていたと城下で聞きました。ひょっとしてそれもご城主様が？」

「まあ……」

「他にはどんな能力がございますの？」

「水道かな？　城下のあちこちに取り付ける予定です」

なんだかフィービーさんの視線が熱いぞ？

気のせいじゃないよね。

「ご城主様、近いうちに一席も設けますので、ぜひいらしてください。それでは失礼します」

フィービーさんが去ったので、僕はカランさんに質問してみる。

「一席っていうと、やっぱり接待？」

「ですね。酒宴を開いてもてなすつもりでしょう。十中八九、ご城主様の『工務店』を自分の商売に取り込みたいのだと思います」

「やっぱりそういうことなんだ……。城主の仕事もあるから、あんまりやりたくないなあ」

「だったらはっきりと断ればいいのですよ」

「そうなの？」

「もちろんです。ただ、商人はあらゆる手段を使って懐柔《かいじゅう》を試みるでしょう」

「あらゆる手段？」

「基本的には酒、賄賂《わいろ》、女です。場合によっては脅迫ですが、さすがにそれはないと思います。ただ、ハニートラップには特にお気をつけてください。ご城主様はチョロそうですから。まあ、私が同行するので悪い虫は寄せ付けませんが」

「おお、いつにも増してカランさんが頼もしい！」

いや、まさか十八歳にして接待を受けるとは思っていなかったよ。
僕としてはもう少しのんびり仕事がしたい。
何かを頼まれても、なるべく断るようにしようと思った。

本日は城下を回って水道をつけていく。

同行するのはカランさん、護衛兼手伝いとしてグスタフとバンプスに来てもらうことにした。

それからセティアも一緒だ。

ガウレアの人々に恐れられているウーラン族だけど、城主の知り合いということを印象付けておけば危険は減るかもしれないと考えたのだ。

町へいく馬車に乗り込む前にセティアの気持ちを確かめておいた。


「心の準備はいい？」

「はひぃいいいいっ！　い、い、いつでもいけます！　カマス、ヒメマス！」


だめだ、気絶一歩手前じゃないか。


「心配はいらないよ。グスタフとバンプスもいるし、僕もそばにいるから」

「じ、じ、実は、出かけるにあたって未来を、よ、予言したのです……」

「そうなの？」

「こ、こんな結果が出ました……」


セティアは文字の書かれた紙片を僕に渡してきた。

「え～と、なになに……」

たそがれの光の中で少女セティアは死せり　されど恐れるなかれ　死は繁栄の礎《いしずえ》なり　よみがえりて花開くなり

「なにこれ？」

「わ、私が聞きたいです。私、死んじゃうのでしょうか？」

「落ち着いて。セティアの予言って必ず当たるの？」

「必ずではありません。的中率は87％です」


けっこうな確率だな。


「う～ん、確かに死ぬって書いてあるよなあ……。でも、よみがえるとも書いてあるよね」

「自分のことに関して未来をのぞくと、いつもこんな漠然とした文章になるのです。はぁ……」

「どうしても怖いなら、今日はお留守番しておく？」

「い、いえ。い、いきます。一人でいるより、ご、ご城主様と一緒の方が安心ですので……」

「わかった。それじゃあ出かけよう」

青い顔をしたセティアを乗せて馬車は出発した。

エリエッタ将軍が指示してきた蛇口設置ポイントは七十二カ所にものぼっている。

街中だけでなく、周辺の村々も指定されているからだ。

これは効率よくやっていかないといつまで経っても終わらないぞ。

まだ自分のお風呂も作れていないのだ。

とっとと作業を開始しよう。


地図で確認しながら最初の場所へやってきた。

ここは城下町の中心街だ。

メインストリートと言っても大きな都市を想像しないでよ。

雑貨屋が一軒、パン屋、銀行、事務所、服屋、金物屋なんかが並んでいるこぢんまりとした通りである。

まあ、シャッター商店街じゃないだけ僕の地元よりマシかもしれない。

朝になるとここには市も立つという話だ。

取り付け前にカランさんに場所の確認をしておいた。

間違っても取り外しはできるけど、二度手間は避けたい。

「銀行の壁に付けちゃっていいんだよね？」

「そうです。エリエッタ将軍から事前に話はいっていますのでご安心ください」

「了解」


町の人たちが遠巻きに僕らの様子を見ている。

相変わらず僕とセティアは怖がられているようだ。

先に排水溝《はいすいこう》を設置して、それから蛇口を取り付けた。

時間と魔力の節約のために、蛇口はいちばん簡素なものだ。

なんだか学校の手洗い場みたいだけどいいよね？

凝ったデザインのものを取り付けようとすると、それなりに時間がかかってしまうのだ。


「お兄ちゃん、なにしてんの？」


作業中の僕に小さな男の子が話しかけてきた。

日本ならまだ保育園児くらいかな？

僕のことを怖がらずに話しかけてくれたのが嬉《うれ》しかった。

「蛇口ってものを作っているんだ。ここからお水がバシャバシャ出てくるんだぞ」

「バシャバシャ？　すごーい！」

「待っててな、もう少しで完成だから」

僕は男の子と話しながら魔力を注《そそ》ぎ込《こ》んでいく。

ところが一人の女性が僕たちのところへ走りこんで来て、男の子を守るように抱きかかえると土下座《どげざ》をしだした。

「お許しください、ご城主様！　まだ五歳の子どもです。どうか食べないでください！」

「食べないよっ！」

「ヒィ」

反射的に言い返したら怯《おび》えさせてしまった。

泣きたいのはこっちだって。

「あのですね、異世界人は人肉なんて食べないんです！」

「……………」

お母さんは何にも言わずにガクガク震えている。
こんな悲しいやり取りの間も僕は魔力を送り続けた。
だって、きのした魔法工務店の工期は絶対だから。
今日中にあと四カ所は回りたい。

「よーし、できたぞ。坊《ぼう》や見ていてごらん。言ったとおりお水がバシャバシャでるからね」

栓をひねると問題なく水が出てきた。

「よし、水量もいい感じだな」
「すごーい、本当にお水バシャバシャだ！」

お母さんに抱かれながらも男の子は大はしゃぎだ。

「この水は町の誰でも使えるんだよ。とっても綺麗《きれい》だからそのまま飲んでも大丈夫さ」

水が出るようになると、それまで遠巻きに見ていた住民たちが何歩か近づいてきた。
カランさんがここぞとばかりに宣言する。

「本日よりこの水場を町民に解放する。使用量に制限はない。ご城主様に感謝して使うように！」

人々の間に小さな歓声が上がった。

ここのところ雨が少なく、井戸で汲む水は一人につき一日に桶《おけ》三杯までというお達しが出ていたらしい。

まだまだ怖がられているみたいだけど、これで少しは人気者になれたかな？

「さて、次に行くよ！」

弾《はず》む足取りで馬車に乗り込んだ。

その日のノルマを終えた僕たちは城へ戻る途中だった。

僕は心地よい疲労に満たされている。

あちらこちらに水道を取り付けたという噂はすぐに広まって、最後の取り付けのときは近隣住民が僕らを歓迎してくれたくらいだったのだ。

「異世界人が人肉を食べるという噂は払拭されつつあるよ。本当によかった」

セティアも笑顔だ。

「お手伝いをしていたおかげで、私にも話しかけてくれる人がいました。今日は本当によい日です」

ウーラン族に対する誤解も解けかけていると信じたい。

「そうだ、途中の森で私を降ろしていただけませんか？」
「何か用事があるの？」
「日暮れにはまだ時間がありますから、薬草を採っていこうかと思いまして」
「それなら僕も行きたいな。いつも飲ませてもらっているブレガンド草を僕も摘《つ》んでみたいよ」

それにセティアの予言のことも気になる。

「それならあっしらもお手伝いしやすぜ」

バンプスたちも来てくれるというので、みんなで薬草摘みをすることになった。

「あった！　ありましたよ、これがブレガンド草です」

セティアが地面の草をかき分けて見せてくれた。

摘んできたものは見たことがあるけど、生えているのを直接見るのは初めてだ。

「根は傷つけないように、こうして茎を切って収穫してください」

セティアは摘み取ったブレガンド草を大切そうに袋へしまっていた。

「よーし、みんなで手分けして探そうよ。僕はあっちを探してみるね」

こうして僕は森の奥に入ったんだけど、ブレガンド草は一つも見つけられなかった。

やっぱり慣れがいるのかな？

藪《やぶ》のわきにかがんでいるセティアを見つけた。

「あ、セティア。どう、見つかった？」

「に、二本だけですが」

「それでもすごいや。僕なんて一本も見つからなくて。おやっ？」

「どうされました、ご城主様？」

「あそこに廃墟《はいきょ》が……」


苔《こけ》がぶら下がった木立の後ろに朽ちかけた石造りの小屋があった。

『工務店』というジョブの性なのだろうか、建造物を見るとどうしても気になる。

「人が住んでいる気配はないな。ちょっと行ってみよう」


近づいてみると、そこはやはり廃墟だった。

火事があったのだろう、木造の屋根は焼け落ち、石でできた壁だけが残されている。

室内に入っても、赤く色づく夕焼け空がぽっかりと開いた焼け跡からよく見えていた。


「残念です、せめて屋根があればいい作業小屋になったのに」

「作業小屋？」

「摘んだ薬草を干したり、乾燥した薬を粉末《ふんまつ》にしたり、生薬《しょうやく》を煮出したりと、いろいろに使えます」

「なるほど、今の部屋だと手狭だよね」

行き場のなかったセティアは執務室の屋根裏に住んでいるのだ。

適当な部屋をあげるといったのだが、セティアは頑《かたく》なに屋根裏がいいと主張していた。

そんなに遠慮することはないんだけどなあ。


「だったら僕がここを修理するよ。ここを使っていいかエリエッタ将軍に確認してからだけどね」

「え、でも、そんな……。お手を煩《わずら》わせては……」

「大丈夫、大丈夫、なんだか僕も楽しいんだ」


いつかは一軒家を建ててみたいけど、その前にリフォームで練習というのもいいだろう。


「うーん、けっこう傷んでいるなあ……うわっ！」

「ご城主様！」


天上を見上げながら歩いていたら瓦礫《がれき》に躓《つまず》いてしまった。

とっさにセティアが支えてくれようとしたけど、僕らはもつれ合って床に転んでしまう。

そして僕の目の前は真《ま》っ暗《くら》になった。

これ、どういう状況？

柔《やわ》らかく重いものがのしかかっていて息ができない。

「ご、ご城主様！　わ、私、なんてことを……」

ひょっとして僕の顔面を塞《ふさ》いでいるのはセティアのお尻《しり》？

「し、死んでお詫《わ》びをぉおおお！」

いいから早くどいてほしい。

「モガガ、モガガガウガーッ！（セティア、落ち着いて！）」
「ヒャンッ！　な、なんですか？　ア、アンッ！　ご城主様、しゃべっちゃダメ！」

「モガガウガガガ（そんなこといわれても）」

「アッ、アッ、アッ！　これ以上は本当にダメです！　な、なんか変な感じがして……」

「モガッガウガー！（どいてってばー！）」
「きゃあああああああああああっ！」

ぐったりとしたセティアが前に倒れこみ、僕はようやく解放された。

「ごめん、セティア。でも、なかなかどいてくれないから。って、どうしたの？」

セティアは床に四つん這《ば》いになった状態でヒクヒクと震えている。

「死にました……」

「え？」

「少女だったセティアはじんでじまいまじだぁ！　わだじは汚れたおどなでずぅうううう！」

たそがれの光の中で少女セティアは死せり、ってこういうことだったの？

「悪かったって。その代わりここをセティアの作業場として復活させるからもう泣かないで。お願いだよ」

泣きじゃくるセティアをなんとかなだめて城塞へと帰った。

午前中は町に蛇口を取り付ける作業に勤《いそ》しんで、お昼はボーン商会の支店に行った。

フィービーさんから招待状を受け取ったのだ。

例の接待である。

ボーン商会へはカランさんとセティアを連れて行くことにした。

かわいそうだけどアイネは城塞でお留守番だ。

専属とはいえ、メイドが城主と同じテーブルを囲むことはできないんだって。


「カランさんはともかく、ど、どうして私まで?」

「名目上、セティアは僕の助手じゃない。忘れちゃったの?」

「そ、そうでした! でも、私までご馳走《ちそう》になっていいのでしょうか?」


カランさんは冷めた目つきで肩をすくめる。


「フィービー・ボーンがハニートラップを仕掛ける恐れもあります。私たちでご城主様の両脇《わき》を固めるのです」

「そんなに心配することある? まだ昼間だし、僕なら……」

「ご城主様、ご自分がチョロいことをご自覚ください。相手は百戦錬磨の手練《てだ》れでございますよ。十八歳の少年を手玉に取るなど、息をするくらい自然にやってのけます」

そうかな？

そうかもしれない……。

女の子に頼られると断れないもんなあ。


ボーン商会のガウレア支店はレンガ造りの立派な建物だった。

庭や植え込みもよく手入れされていて、周囲の石造りの家とは一線を画している。

でも、やっぱり家の中は寒くて暗かった。


「ようこそおいでくださいました、どうぞこちらへ」


案内された部屋は何本もの燭台《しょくだい》が並んでいて、ガウレア城塞より明るかった（僕の居室を除く）。

テーブルの上のカトラリーはキラキラと輝いていて、豪華な雰囲気を醸《かも》しだしている。

どうやら本物の銀でできているらしい。

こう言っては何だけど、ガウレア城塞のご飯って不味《まず》いんだよね。

人数が多いからか、いつも冷たいし、変な匂《にお》いが混じっていることもあるし……。

でもボーン商会の食事は最高だった！

冷製やカナッペ、パテなどの前菜、肉料理もいろいろ、飲み物もいっぱいあった。

「お酒もございますよ」

「お酒はちょっと……」

「ではレモンクロートを蜂蜜《はちみつ》とお水で割ってみたらいかがでしょうか」

勧めてもらった飲み物はほんのり甘くて美味しかった。

フィービーさんは話し上手《じょうず》で宴席は和《なご》やかに進んだ。

心配していたハニートラップもなく、肩透かしを食らった感じだ。

実はちょっとだけ期待していたんだよね。

こんなことを言ったらカランさんに叱《しか》られてしまうかもしれないけど。

アイネは喜ぶのかな？

アイネくらいになると、女にだらしのない男の方が好き、とか言い出しそうな気がする。

「今日はたくさんご馳走になってありがとうございました」

「この程度のもてなしで恐縮ですわ。これをご縁に、これからも末永いお付き合いをよろしくお願いします」

「こちらこそ、よろしくお願いいたします」

「ご城主様に私からご提案があるのですが、聞いていただけますか？」

ついに本題がきたか、そう感じた。

「先日、ご城主様のお部屋へうかがったときに見せていただいた品々に、私はたいへん感銘を受けました」

「それは、ガラス窓と照明のこと？」

「そうでございます。単刀直入《たんとうちょくにゅう》に言いましょう。いかがですか、私と一緒に商売をしてみませんか？」

フィービーさんの視線が熱い。

おそらくフィービーさんと組めば、僕は大金持ちになれるのだろう。

だけどなあ……。

「それは無理です」

「どうしてでございますか？　ご城主様のお力は唯一無二のもの。憚りながらボーン商会はこの国でも屈指の豪商でございます。私どもと組んでいただければ、ご城主様に決して後悔はさせません」

「きっとそうなのだと思います。フィービーさんはいい人そうだし、ビジネスパートナーとしては申し分ない人なのでしょう。だけど……。なんというか、僕はまだやりたいことがいっぱいあるのです」

「やりたいことですか？」

「まずは自分の住環境の整備です！　これだけは譲れません。それと、いま僕は町のあちこちに水道をつけています」

「存じておりますよ。ガウレアの民で、ご城主様に感謝しない者はおりません」

「それなんですよ。僕、人から感謝されるなんてこと、これまでの人生で一度もなかったんです。それがうれしくって。だから、今は商売どころじゃないんです」

今ならパラディンとして真面目《まじめ》に頑張っている竹ノ塚の気持ちが少しわかる気がした。

じっと僕を見つめていたフィービーさんだったけど、不意に肩の力を抜いたようにふっくらとした笑顔を見せた。

「さようでございますか。それではこれ以上お誘いしてはいけませんね」

「ごめんね、フィービーさん。でも、今日のお礼として、この家に窓ガラスか照明をつけてあげます。なんなら蛇口でもいいですけど」

「本当ですか！」

今日のご馳走にはかなりのお金がかかっていると思う。

それを三人前だ。

このまま食い逃げじゃ後味が悪いもんね。


「なにがいいですか？」

「え？　え？」


それまで冷静だったフィービーさんがおたおたしだしたぞ。


「ど、どうしましょう。突然のことで心の準備が……。やっぱりガラス窓……。いえ、水道も便利だけど……、照明がいいです！」

「照明でいいんですね？」

「あ、やっぱり！　……いえ、照明でいいです」

「それでは」


僕は集中して空中に照明カタログを開いた。

あらかじめソート機能を使って二〇万円以下の商品だけを表示している。

高価すぎると魔力と時間を大量に消費してしまうからね。

「この中からどれがいいか選んでください」

「ご城主様はこれすべてを作ることができるのですか？」

「まあ……、これはほんの一部なんですよ」


すべてのカタログを出しちゃったら一晩かけても見られないぞ。

「しょ、少々時間をいただけないでしょうか。すぐに茶菓を用意させますので」

フィービーさんは支店長などと話し合いながら念入りにカタログを眺めている。

僕としては早く帰ってお風呂作りを再開したいんだけどなあ……。

ちょっと手助けをしてみるか。

「応接間や食堂につけるならシャンデリアなんていかがですか？　こんな感じのがありますよ」

検索ワードを『シャンデリア』にしてカタログを開き直した。

「おお！　これはなかなか……」

けっきょく、フィービーさんは居間にシャンデリアをつけることにした。
作業には一時間くらいかかったけど、今日もいい仕事をしたと思う。
お土産《みやげ》をたくさんもらって僕らは城塞へ引き返した。

$$$

客が去った応接間でフィービー・ボーンは天上のシャンデリアを睨《にら》んでいた。
ピッ！
リモコンが音を鳴らすたびに照度が切り替わる。
武尊たちが帰ってまだ十分も経っていないというのに、フィービーはもう百回以上もスイッチを押していた。
「欲しい……。キノシタ・タケル様のすべてが欲しい……」
つぶやいたフィービーがもう一度ボタンを押すとシャンデリアはすべての光を失い、部屋は暗闇《くらやみ》に包まれた。

☆☆☆

ちょっとした事件があった。

少し遠出して、とある村に蛇口を取り付けに行ったのだけど、そこで熱烈歓迎を受けたのだ。

僕が蛇口を取り付けて回っていることはガウレア地方では有名な話になっているらしい。

村民総出の出迎えを受けて、若い娘さんから花束《はなたば》をもらってしまったよ！

しかもほっぺにキスまでされたのだ。

しかも六人に……。

次々と！

そんなこと初めてだったから真っ赤になってしまったのだけど、それを見ていた人々は大うけしていた。


「思っていたよりぜんぜん怖くないいんだな」

「かわいーいっ！」


チョロい城主と思われたかもしれない。

でもそんなのどうでもいい！

ようやくガウレア地方の人々に認められたって感じだよ。

蛇口取り付けを提案してくれたエリエッタ将軍に感謝しないとね。

将軍は甘いものが大好きだから、お礼に冷蔵庫の中のバスク風チーズケーキを進呈するとしよう。

今日は気分もいいからチョコバナナクレープもつけちゃうぞ。


十日かけて方々へ出向き、それぞれの集落すべてに蛇口を取り付けた。

大事業が終わり、僕は帰りの馬車で体を崩してだらしなく座っている。

連日の疲労が抜けきらず疲れていたのだ。

だけど、これでようやく自分の好きなことができる。


「さて、いよいよ明日から本気を出すか」

「ダメ人間みたいなことを言っていますね」


カランさんが呆れた顔で僕を見る。


「いや、本当に頑張りたいんだよ。ほら、お風呂が作りかけのままになっているだろう?」

「ああ、そんなものもありましたね……」

風呂用スペースとして寝室の隣にあるゲストルームを二部屋もらっているのだ。

すでに配管などの下準備は整えてあるのだが、魔物の襲来などが重なり作業は中断されたままだった。

機は熟した。

いよいよ明日から作業を再開する。

広い浴槽、ジェットバス、打たせ湯、サウナ、岩盤浴《がんばんよく》などを順次作っていく予定だ。

内装のタイルや滑らない床材。

乾燥機なども取り付けないとな。

『工務店』のレベルは相当上がっているから完成までにそれほど時間はかからないだろう。


「セティア、薬草茶のストックはある?」

「じ、じ、十杯ぶんくらいは」


セティアはみをよじらせながら答える。

廃墟での一件があってから、僕に対して前より挙動不審になっているんだよね。

警戒しているというより、思い出して見悶《もだ》えている感じなのだ……。

まあ、そのうち慣れてくれるだろう。

「よ～し、明日は魔力が空っぽになるまで風呂作りをするぞ」

きのした魔法工務店は挑戦し続ける企業でありたいのです！

個人経営だけどね。

猛烈に頑張ったので三日でお風呂は完成した。

本当はもっと早く作る予定だったけど、ずいぶん遠回りしてしまったなあ……。

さあ、さっさとお湯を張って入り心地を確かめるとしよう。

僕は内線でアイネを呼び出した。

「アイネ、ついにお風呂が完成したよ！」

「まあ、それはようございました」

「僕は今から入るから、誰か来たら待っていてもらって。緊急のときは26番（フロ）が脱衣所の内線番号だからそれで呼び出してよ」

「承知いたしました！」

やけに弾んだ声をしていたけど本当にわかったのかな？

まあいいや、久しぶりの広いお風呂を存分に楽しんじゃおっと！

浴室の扉を開くと、そこは異世界だった。

異世界の中の異世界。

もう複雑すぎてわけわかんんね。

僕はハイテンションだ！

だって、白い大理石を使った円形のお風呂は広く、ラピスラズリの青い底が光り輝いているんだよ。

給湯口からは滾々《こんこん》とお湯が溢《あふ》れ、白い湯気を上げている。

しかもこれはただのお湯じゃない。

治療効果の高い魔法湯《まほうとう》を異次元の源泉から直接引いているのだ！

一人で使うのはもったいないくらいだなあ。

湯量は毎分七千三百リットルも湧《わ》いているみたいだから、そのうち兵舎の方にも回してあげるとしよう。

どれどれ、お風呂の具合はどうだろう？

まずは体にお湯をかけてから……。

「あぁ～～、いぃ～～…………」

湯船につかると思わずため息が漏《も》れた。
手足を伸ばしてお風呂に入るなんていつ以来だろう？
日本でだってウチのお風呂は広くなかった。
でも今は思いっきり手足を伸ばしても遮《さえぎ》るものは何もない。
のんびりとお風呂に浸《つ》かっていたら脱衣所で声がした。

「アイネなの？」

気を利《き》かせて着替えを持って来てくれたのかもしれない。

「着替えなら脱衣所のカゴの中に入れといてねー」
「はーい」

やっぱりそうだ。
アイネは気が利くな……って、何をしているんだ？
すりガラス越しだからはっきりとは見えないが、服を脱いでないか……？
って、アイネだけじゃない！
他にも人がいるぞ。

「失礼しまーす。うわー、広いですよ、カランさん」

「本当ね。これなら四人で入っても問題ないでしょう」


み、水着を着たカランさんとアイネが入ってきた！

アイネは水色を基調としたガーリーなチェックの水着。

カランさんは前にも聞いたことのある黒のビキニだ。

しかも布面積はちょっと小さめ……。

二人ともスタイルがいい。


「セティア、早くいらっしゃい」

「いらっしゃいじゃないですよ！　僕は裸なんです。出て行ってください」

「私は本国にご城主様の真価を報告する義務があるのです。そのためにも風呂の調査は絶対です。それに一緒に入りたがったのはご城主様ではありませんか」


そうだ、前に独り言を聞かれてしまったんだよな……。

「それじゃあ……どうぞ。でも、せめて僕も水着を」

「え〜、もういいじゃないですか。私は見慣れましたよ」

「アイネ！」

「私が何度お風呂のお世話をしたと思っているのですか？　魔力枯渇で動けないときは下着をお取り替えしたことだってあるのですから」

たしかにそうだけど、それとこれとは別問題で……。

僕がオタオタしていても、二人はまったく意に介していない。

それどころか、カランさんは脱衣所に向かって呼びかけた。


「それにしてもセティアは遅いですね。早く来なさい」

セティアまでいるの？


「で、で、でも。こ、こ、こ、こんな格好をご城主様にお見せして大丈夫でしょうか？　し、失礼に当たらないか心配で」

「平気よ。それに私たちより露出度は低いじゃない」

「そ、そうですが……」


ん？

セティアはどんな格好をしているんだ？

「そ、それでは失礼して……」

浴室に入ってきたセティアに仰天した。

「そ、それはさらし？　いや、包帯《ほうたい》か！」
「み、水着がないので代わりのこれを巻いてきました。ごめんなさい！」
「い、いや、謝らなくていいんだよ」

確かに露出度は他の二人より低いのに、なぜかエッチだ……。

「お、おかしいでしょうか？　それに卑猥《ひわい》すぎですよね。ああ、死んでしまいたい」

おかしいし、エロいけど僕は全力否定する。

「おかしくない。かわいいよ！」

懸命にフォローする僕の耳に別の女性の声が聞こえてきた。

「たのもぉぉー！」


お風呂に道場破り？

力いっぱいドアを開けて入ってきたのはエリエッタ将軍だった。

しかも素《す》っ裸《ぱだか》！


「エリエッタ将軍まで、どうして！」

「アイネがやけに浮かれていたので問い詰めたら、楽しいイベントがあることを白状したのだ。私だけ除《の》け者にするなんて許さないぞ！」


全員、呼んでないんですけど！

エリエッタ将軍は筋肉の浮き出る褐色《かっしょく》の肌を隠そうともしない。


「エリエッタ将軍、せめて水着を着てくださいよ！」

「私は戦士だ。いちいちそんなことを気にするもんか。それにタケルだって裸じゃないか」

「これは！」

「我々は友だ、遠慮は無用だぞ」

「わ、わ、わ、私もご城主様と裸のお付き合いができて……うれし恥ずかし、カカシ、駄菓子《だがし》……です」

カランさんやアイネだけでなく、セティアやエリエッタ将軍にまで裸を見られたのだ。

もう、僕は開き直るしかないや。

とりあえずタオルを巻いて……。

「それでは、きのした魔法工務店が誇るお風呂の使い方を説明します！」

ウキウキのお風呂タイムは、みんながのぼせて脱衣所のレストルームで牛乳を飲むまで続けられた。

カランと報告書 【どんな水着が好きかしら】

少し落ち着こう、そう考えてカランはペンを置いた。

報告書というのは客観性と分析が大切である、とカランは常々考えている。

だが、今のカランはとても冷静ではいられなかった。


「なんなのよ、あれは……」


つるつるになった自分の腕《うで》をなでながらカランはつぶやいた。

魔法湯は病気や怪我を治すだけでなく、美肌効果も高かったのだ。

輝くばかりの卵肌になった自分の腕がそれを証明している。

タケルの作製したバスルームは素晴らしい、の一言に尽きた。

魔法湯だけではない、魔力循環を整える岩盤浴というのもよかった。

マジカルトリマンという岩石の板の上で寝そべっていると、体の芯《しん》から温まり、魔力の流れが整うのだ。

それだけで一日の疲れがとれ、明日への活力がわいてくるようだった。

「替えの水着がいくつか必要ね……」

トイレと同じく、カランは毎日タケルのお風呂を使う気でいる。
すでに許可はとってあった。

「ご城主はどんな水着が好みかしら……」

ふと、カランは我に返った。
どうして私はご城主の好みなんてことを考えているのだろう？
気を引きたいから？
円滑に仕事をすすめるため？
明確な答えは思い浮かばない。
ただ、タケルの無邪気《むじゃき》な笑顔が思い出されるばかりだ。
恋愛ではないのだと思う。
ただ、カランの中でタケルはかなり特別な存在になりつつある。
それは、職責を越えて、もっと個人的な部分に及んでいた。

「ふう……」

カランは頭を振ってペンをとった。

タケルとのことを掘り下げて考えている時間はない。

今はこの報告書をまとめ上げなければならなかった。

朝の着替えを持ってきたアイネが僕を見て目を瞠《みは》った。


「少し顔が大人びました？」

「そうかな？　お風呂《ふろ》パワーのおかげか『工務店』の力が大幅に上がった気がするんだよね。そのせいかもしれないな。それとも成長期？」


ソフトドリンクを飲みながら、女の子たちとジェットバスに入るなんていうパリピみたいなことも経験してしまったもんなあ。

カランさんとセティアはお酒だったけど……。

でも、兵や住民たちの信頼が高まったことがいちばんの原因かもしれない。

僕にも城主としての自覚が出てきたって感じなんだよね。

「自信にあふれる顔をしていらっしゃいますよ」

アイネは不貞腐《ふてくさ》れたように言うけど、そこは褒めるところじゃない？

「今ならいろいろなものがさらに早く作れそうな気がするんだ」

「なんだかご城主様が遠いところに行ってしまったようで寂《さび》しいです……」


アイネは相変わらずだなあ。

これは本気で寂しがっているぞ。

アイネを悲しませるのは僕としても辛《つら》いのだ。


「じゃあさ、今朝《けさ》はアイネが服を着せてよ」

「え？　これまでは手伝うと言っても自分で着替えていらっしゃったのに？」

「僕はダメ人間だから突《つ》っ立っているよ。だから、アイネがぜんぶやってくれる？」

「もう、仕方がないですねぇ♡」


アイネはとろけるような笑顔になってパジャマのボタンに手をかけた。

僕が着せ替え人形になることでアイネの機嫌がよくなるなら安いものだ。


「ご城主様、右足を上げてくださいい、ズボンを脱ぎましょうねぇ」

されるがままになりながら、僕は本日の予定を頭の中で組み上げていた。
まずは寝室をさらに居心地よくすることにしよう。
壁の断熱や防音、空調、内装など、手を付けたいところはいっぱいある。
音楽を流すスピーカーも欲しいな。
高音質のやつね。
でも、優先順位をつけるとしたら、やっぱり壁の断熱か……。
石壁って冷えそうだもん。
安眠のためにもこれは絶対だ。
壁の上からもう一つ内壁をつけて、その間に断熱材を挟んでいくか。
断熱材はマジックレジンがいいかな。
熱伝導率が〇・〇〇七W（m・k）と異様に低くて、防音・防燃にも優《すぐ》れる素材だ。
その代わり、作るための消費魔力も膨大になる。
まあ、ずっと使うものだから建材はやはりいいものを選びたい。
きのした魔法工務店は高品質にこだわります！
午前中は作業に没頭して、窓側の壁のすべてに断熱材を埋め込んだ。

すでに効果が出ているようで、床暖房を切っているのに部屋の中はほんのりと温かい。

ちなみに夏は室内を涼しく保つ効果があるんだよ。

この調子でどんどん作っていこうとしたら、寝室の内線が鳴った。


「お仕事中に失礼します、ご城主様」

「どうしたの、アイネ?」

「パイモン将軍からのご連絡です。新兵たちが到着したので、将軍とともに閲兵をお願いしたいとのことです」

「わかった。すぐに行くと伝えといて」

「承知しました。閲兵の際は正装が決まりです。着換えをお手伝いいたしますか?」


内線の向こうから途轍《とてつ》もないほどの圧を感じる……。


「ア、アイネにぜんぶ任せるよ」

「承知いたしましたぁ♡」


再び着せ替え人形になってから兵たちを出迎えに城門へ向かった。

閲兵式といっても難しいことは何もなかった。

僕はエリエッタ将軍と並んで立ち、将軍が訓示《くんじ》を垂れた後に「よろしく」と言えばいいだけだった。

時間にして十五分くらいのものである。


「それじゃあ僕はやることがあるので失礼します」

エリエッタ将軍に声をかけると、将軍は大きなため息をついた。


「君は気楽でいいな」

「どうしたのです？」

「実は兵舎がないのだ」


めずらしく、エリエッタ将軍は苦悩の表情を見せている。


「え？　部屋はたくさんあるじゃないですか」

「そうでもない。実は下級兵士の部屋はパンク寸前なのだよ」

「どういうことですか？」

「ある意味、君のせいだよ、タケル」

「僕の？」

まさか、僕がお風呂で二部屋も使ってしまったから？

心配したけどエリエッタ将軍の説明はまったく違っていた。

「君が来るまで、満月の晩には毎回たくさんの戦死者が出ていたんだ。それが今回は一人の死者もでなかった」

「いいことじゃないですか」

「まあね。だが、本国はうっかりしていたらしい。必要もないのに補充兵を百人近くも送ってきたのさ」

「それで部屋がないの？」

「そういうことだ。とりあえず一人部屋を使っている士官に二人〜三人でまとまってもらって、そこに一般兵を押し込めるしかないな。後は通路に寝かせるか。不満は出るだろうが仕方がない」

廊下で寝かせるのはかわいそうだな。

「とりあえずはそれでいいとして、いつまでもというわけにはいかないですよね」

「余っている兵は他の拠点へ移動してもらうしかないな。だが、西方司令部に手紙が届き、次の命令がくるまで何日かかるかは予想もつかないよ」

電話すらない世界だからなあ……。


「将軍、僕が士官用にアパートを建てましょうか？」

「アパート？」

「寝室とリビングがあればいいよね？　あと、ユニットバスくらいはつけようかな？」

「なんだい、それは？」

「庭の隅《すみ》に士官用の兵舎を建てるんですよ。任せといて！」


きのした魔法工務店の腕《うで》の見せ所だ。


「とにかく三日ちょうだい。それまでに何とかするから」

「わかった。そういうことはタケルに任せるよ」


僕はその足で中庭に向かった。

土地を確認したけど、アパートを建てる広さはじゅうぶんあった。

これなら四棟くらい建てられるんじゃないか？

まあ、面倒だからやらないけどね。

僕はすでに城主様だ。

わざわざ大家さんになろうとは思わない。

部屋の構成は寝室とリビング、トイレ付きユニットバスがあればいいかな。

どうせご飯は大食堂で食べるのだからキッチンはいらないよね。

二階建てにして、各階に八部屋、トータル十六部屋のアパートを作ることにした。


「それじゃあ基礎からやっていくとしますか」


体内に魔力を巡らせて地盤と建物をつなぐ基礎を作っていく。

本来の基礎工事って、掘削とか配筋とかいろいろな工程を順番にやっていくのだけど、異世界工法のきのした魔法工務店はそのすべてを同時におこなう。

つまりチートってことなのだ。


昼頃になってカランさんが様子を見にやってきた。


「お疲れ様です、ご城主様。今度は兵舎を作っているとか」

「通路で寝る人がいるのはかわいそうだからね」

「ですが、根を詰めすぎてまた倒れたりしないでくださいよ」

どうだろう？　また限界までやっちゃうかも……。

「でも、三日で作るって言っちゃったからさ……」

カランさんはピクリと右眉《まゆ》を動かした。


「通路で寝る兵士よりも、私はご城主様のお体の方が心配です」

「え……、僕のことが心配なの？」

「私を何だと思っているのですか？　感情のない冷酷《れいこく》な女とでも？」

「そ、そんなことないよ」

「これでも常にご城主様のことをいちばんに気にかけているのですよ」

「う、うん、ありがとう」


心の中に温かいものが広がるような気がした。

思えばカランさんとはずっと一緒にいるもんな。

「それに、ご城主様に何かあれば私のキャリアに大きな傷がついてしまいます。くれぐれもご自重《じちょう》してください」

「出世が主な理由？」

「出世も大切な理由の一つです」


カランさんは顔色一つ変えずに言っていたけど、僕を心配してくれているのは事実だと思った。


おやつの時間までに何とか基礎を作り終えた。

休憩を挟んで今度は柱や梁《はり》を組んでいったけど、日暮れ少し前に魔力が尽きた。

眩暈《めまい》がして立っていられなくなり、前のめりで地面に突っ伏す。

作業スピードは上がったけど、魔力総量はまだまだだなあ……。


「ご城主様ぁあああ！」


パタリと倒れた僕のところへアイネとセティアが駆け寄ってきた。

アイネはすぐに僕を膝《ひざ》の上に抱きかかえる。

「しっかりしてくださいませ、ご城主様ぁ」

「ご、ご、ご城主様、新開発の高濃度ブレガンド茶でございますよ！　こ、これを飲めばきっと……」

「かして！　ご城主様はご自分で飲む気力もないわ。こうなったら仕方がない、私が口移《うつ》しで！」

おいおい……。

でも、それは事実だったりする。

もう口を開けるのも無理なくらい疲労しているのだ。

セティアが差し出した水筒をアイネがひったくった。

そして口に含んで僕に飲ませようとしたのだけど……。

「ブゲェェエエエッ！」

吐き出している……。

「まっず！」

「ご、ごめんなさい。で、でも、こ、高濃度だって言ったじゃないですか」

あーあ、せっかくの薬草茶が……。

「まったく、なにをやっているのやら。かしなさい」

つかつかと歩み寄ってきたカランさんがアイネから水筒を取り上げた。

「苦《にが》いようですが我慢《がまん》して飲み下してくださいね」

顔色一つ変えずに高濃度ブレガンド茶を口に含んだカランさんの顔が僕に近づいてくる。

そして、そっとくちびるが重ねられた。

「コク……コク……コク……ン……ぷは……」

「お加減はいかがですか?」

「……よくなってきたよ。ありがとうカランさん。セティアも……」

いつもの薬草茶より回復が早い。

ひどかった吐き気と頭痛も治まってきた。

収まらなかったのはアイネの気持ちだ。

「あーん、ズタボロのご城主様とステキなキスを体験するはずだったのにぃ！」

「え、これ、キスなの……？」

思わずカランさんに聞いてしまった。

「不可抗力ながら、そうとも言えるのではないでしょうか。お嫌《いや》でしたか？」

「そんなことはないです……。ただ、カランさんに迷惑をかけてしまったかなって……」

「これくらいのこと、どうということもありません。私のファーストキスでしたが」

カランさんは無表情のままとんでもないことを言ってきた。

「ご、ごめんなさい。僕、とんでもないことを！」

「謝ることはございません。ご城主様も私のような優秀な女のファーストキスを奪ったのです。胸を張ってくださいませ」

生真面目《きまじめ》な顔でそんなこと言われてもなあ……。

それに、奪った？

奪われた気がするんだけど……。

「カランさんは自己評価が高いんですね」

「事実ですので」

もう笑うしかないか。

とっても苦いキスだったけど、カランさんのくちびるは柔《やわ》らかかった。


アパートは屋根工事、断熱工事、外装工事、内装工事を順調に終え、約束の三日後に完成した。

今回も工期を守ったぞ！

僕は毎晩ぶっ倒れてしまったけど、そのたびにカランさん、アイネ、セティアが面倒を見てくれて、なんとかやってこられた。

おかげで立派なアパートになったと思う。

というわけで、今日は上級士官たちにアパートのお披露目《ひろめ》をすることになっているのだけど……。

「やけに人数が多いですね」

アパートの戸数は十六しかない。

でも、集まった士官は城塞にいるほぼ全員だった。

見学に来ていたエリエッタ将軍がボリボリと頭をかいている。

「すまんな、タケル。だが、見学会をすると言ったらみんなが興味を持ってしまったのだ」

かく言うエリエッタ将軍だって単なる野次馬《やじうま》の一人でしかないのだけれど……。

一通り内見を済ませた士官から次々と質問が飛んだ。

「こ、この風呂を自分たちが使ってもいいのでありますか？」

「うん、お湯は二十四時間出るので、空いた時間に使ってください」

「自分で照明をつけてもいいのですか？」

「はい。むしろロウソクやランプは禁止です。火事が怖いので」

このアパートは城塞と違って木造だ。

火気は厳禁である。

「トイレがやたらときれいなのですが、本当にうんこをしてもいいでありますか？」

ストレートな疑問だなあ……。

「そのためにトイレはあるのです。そのかわり清掃は各自できちんとやるように」


僕が説明するたびに士官たちは目を輝かせていた。

そして当然のようにアパート争奪戦が起きた。

部屋を明け渡した士官だけじゃなく、他の士官たちもここに住みたいと言い出したのだ。


「階級が上の者に優先権を与えるべきだ」

「平等にくじ引きにしましょう！」

「私はウルバート子爵家の三男だぞ」

「紳士らしく決闘で勝負をつけようじゃないか。エアコンは誰《だれ》にも渡さん……」


大混乱に狼狽《ろうばい》する横でエリエッタ将軍は楽しそうに笑っている。

「あの程度の風呂で醜い争いをしおって、困った奴《やつ》らだ。私はもっといいお風呂に入っているから関係ないもんね～。なっ、タケル」

にっこり笑うエリエッタさんは無邪気だ。

将軍は年上だけど、まっすぐに感情を向けてくるところがかわいい。


「あの、僕はそろそろ行かないといけないんですけど」

「ん、どうした？」

「空いた士官たちの部屋を繋《つな》げて、今度は兵たちの大部屋に改造するんですよ」

「そうだったな。では、こちらのことは任せて行ってくれ」

「でも、あれは大丈夫ですか？」

士官たちの争いは殴り合いに発展しそうなくらい熱くなっている。

「ははは、いつものことさ。いざとなったら私がこいつで止める」

エリエッタ将軍はゲンコツを固めてみせた。

さすがは将軍だな。

僕はサッサとその場を後にした。

グスタフとバンプスを伴って兵士の部屋の改造へ向かった。

扉を開けた瞬間に動物園の檻《おり》のような臭《にお》いが鼻を突く。

見れば二十平米ほどの部屋に八〜十人ほどの兵士と荷物が詰め込まれているではないか。

ベッドもなく、床に直接毛布《もうふ》を敷いて寝ているようだった。


「ご、ご城主様！」


全員が怯《おび》えた顔で直立不動の姿勢をとった。

そんな態度をとられるとこっちまで緊張しちゃうよ。

「今からこの部屋を改造します。荷物は邪魔になるのですべて廊下に出してください。詳しくはグスタフ一等兵とバンプス一等兵の指示に従うように」

瞬《また》く間に部屋は空っぽになった。

とりあえず隣の部屋との壁を取り払ってしまうか。

強度を下げないように補強をしつつだ。

お次は兵士たちの寝床だな。

スペースの節約のために二段ベッドでいいかな。

後は天井《てんじょう》に照明と壁に断熱材。

窓の大きさはそのままでいいけど、ガラス窓に取り換えてしまおう。

結露防止と暖房のことを考えてトリプルガラスにしておくか……。


部屋の改造は日暮れ前にかなりの工程が終了した。

だけど、改造しなければならない部屋はまだあるのだ。

すべて完成させるのは明後日くらいかな、と考えていた。

ところが翌朝、ベッドで目覚めた僕にある変化が起きていた。


「とんでもないことが起きました……」

「おねしょですか？」

真面目《まじめ》な顔でカランさんが聞いてくる。

つっこむ気にもなれなくて、僕は無言でシーツをめくった。

おねしょの形跡はどこにもない。

「違うようですね。シーツをめくったということは私に来いという意思表示……。オネショタですか？」

また上手《うま》いことを言おうとしているな。

しかも無理やり……。

「違いますよ。社員を雇《やと》えるようになったのです」

「ご城主様はそれなりの財力があるので数名の社員くらいなら雇えるでしょうが……」

「そういうことじゃないんです」

なんと『工務店』のジョブレベルが上がった結果、自分の能力を分け与えられる社員を一日に二人だけ雇えるようになったのだ。

さっそくグスタフとバンプスの二人を社員にしてみた。

「どう、壁の変形のやり方がわかるようになった？」

「は、はい……。とんでもねえです……」

戸惑っているようだけどスキルの伝授はうまくいったようだ。

「ただ、これは一日限定の能力だから、日暮れとともに使えなくなってしまうんだ」

「それはいいのですが、俺《おれ》たちにできるでしょうか？　その……、工務店の仕事が」

「少しずつ慣れてくれればいいよ。どうせ能力は一種類しか与えられないんだ。しばらくは壁の変形に専念してね」

「承知しました。ただ問題が……」

グスタフが申し訳なさそうな顔をしている。

「どうしたの？」

「俺たちは魔法が得意じゃないんです。ちょっとした身体強化を数分使えるだけでして……」

「それなら心配しなくていいよ。社員には僕が魔力を供給することもできるから」

二人にはさっそく壁の撤去をお願いした。

ぎこちないながら、二人は丁寧な仕事をしている。

誠実な人柄が仕事ぶりに表れているのだろう。

これなら安心して任せられそうだ。

「いいようだね。それじゃあこの現場は任せるよ。僕は向こうで二段ベッドを作製するから、何かあったら呼んでね」

「へい、親方！　……じゃなかった、ご城主様」

『社員』の能力のおかげで、部屋の改造はその日のうちに終わってしまった。

もっとも魔力枯渇を起こした僕が寝室に運ばれる恒例行事はいつものように起こってしまったけどね……。

再び満月の晩が迫っていた。

塩漬け肉を売ったお金で買った新しい矢が届いている。

補充の人員も来た。

決戦の日は近い。

今日はグスタフとバンプスには照明を作る能力を与えて、城壁に追加してもらっている。

僕もカメラや内線のメンテナンスをしてから照明作りに加わった。

「決戦の日までに照明を倍にするのが目標だからね！」

「六百個も増やすんですかい？」

「前回の戦闘で有効であることが証明されたからね。エリエッタ将軍にも頼まれているんだ」

「それはいいですが、俺たちが二人でどんなに頑張っても、一日に六個が限界ですよ……」

「残りは僕が作るから大丈夫。それにスキルは一日で消えてしまうけど、知識は残るはずだよ。慣れれば一日に作れる数だって増えるさ」


僕の予想は当たって、数日も経《た》つとグスタフとバンプスは二人で十個は作れるくらいに成長した。

こうして満月まで数日を残して、照明の数は千二百個になった。


「相変わらず大魔法のような光景だな……」


点灯実験を視察にきたエリエッタ将軍が嘆息している。

「前回の反省を活かして、北側だけじゃなく、真上を照らすもの、南側を照らす照明もいくつか付けました」

数は少ないけど、空を飛ぶ魔物が回り込んでくることもあるのだ。

そういった敵をいち早く見つけるためにも照明は欠《か》かせない。

北から冷たい夜風がガウレア城塞に吹き付けている。

もう間もなくここも冬になるそうだ。


「一日ごとに冷えてくるな。こんな夜は風呂に限る。あとで遊びに行くからタケルも一緒に入ろう」

「いやです。将軍は水着を着てくれないから」


あんなものを見せられたら普通ではいられないよ。


「風呂に入るのに水着は要らんだろう?」

「そりゃあそうですけど、僕だって男なんですよ。将軍が裸だと落ち着いて入れません。変なこと考えちゃうし……」

「へ……?」


エリエッタ将軍はびっくりしたような顔をしている。

「それは、私を女として見ているということか?」

「当たり前でしょう！　じっさい女性じゃないですか。本当に困るんですよね……」

「タケルは私を見て興奮するの……か……？」

「だからそう言っているでしょう！　わざわざそんなことを聞かないでください。恥ずかしい……」


突然、エリエッタ将軍がモジモジしだした。


「わ、わかった。今日からはちゃんと水着を着る……」

「本当に？　よかった」

「タケルにそういう目で見られていると思ったら急に恥ずかしくなってきた……。なんというか、ごめん……」

「いや、まあ、僕も見せてしまっているから……」


なんだろうね、この気まずい雰囲気《ふんいき》は……。

でも、今日からエリエッタ将軍は水着を着てくれるんだな。

そうなると、今さらながらちょっと残念に思えるから不思議だ。

「それにしても、これからはさらに寒くなるんでしょうね」

「ああ、ガウレアの冬は厳しいぞ」

「だったら城塞全体をリフォームしましょうか？」

「城塞全体を？」

「すべての窓にガラスをはめ込んで、断熱材や空調システム取り付けるんですよ」

「それで、何が変わるのだ？」

「たぶん、今よりずっと過ごしやすくなると思いますよ」

「ふーむ……」


この様子だと実感が持てていないな。

すべては実物に触《ふ》れてからのお楽しみとなるだろう。

明日から三人で頑張れば冬前に作業を終わらせることができるはずだ。

きのした魔法工務店の腕の見せ所である。

照明を消して僕らはそれぞれの部屋へ戻った。


アイネたちと風呂に入ると脱衣所から物音がした。

「タケル、私も入るぞ！」

あの声はエリエッタ将軍だ。

「はーい、どうぞ！」

元気な声で応じるとアイネが首をかしげた。

「ご城主様、今夜はエリエッタ将軍が来るとわかっても平気なのですね？　いつもはおたおたして落ち着かなかったのに」

「今夜から水着を着てくれることになっているんだ。裸じゃないなら温水プールみたいなものだもん。慌《あわ》てることはないよ」

「ふーん……」

「失礼するぞ！」

勢いよくドアを開けて入ってきたエリエッタ将軍の姿に絶句《ぜっく》してしまった。

だって下しか穿《は》いていないんだもん！

「なんで上をつけてこないんですか！」

「だ、だって、魔物の爪痕《つめあと》とかあるし……。こんな胸を見てもタケルはなんとも思わないだろう？」

「思いますよ！」

「え、ホントに？」

アイネが嬉《うれ》しそうに説明する。

「ご城主様はかなり興奮していらっしゃいますよ。見てはいけないけど見たい。興奮してはいけないのに身体が反応してしまう。本能と理性の対立。二律背反《にりつはいはん》の葛藤に苦しんでいらっしゃるのです。私が見るところ僅差で本能が優勢のようでございますけど、クスッ」

アイネめ～、冷静に分析しやがって……。

「タケルが私を見て興奮……。また恥ずかしくなってきた」

「そう思うなら隠してくださいよ」

エリエッタ将軍はキョロキョロと周囲を見回してセティアに目をつける。

「包帯娘《ほうたい》！」

「は、はいぃいいいいっ？」

「お前の水着を少し寄越せっ！」

言うなり将軍はセティアの包帯の端をつかんでグイッと引っ張るではないか。

「あ〜れぇ〜！　お許しをぉおおおお！」

セティアがコマみたいに回っている！

エリエッタ将軍は奪い取った包帯の一部を切り取って自分の大きな胸に巻いた。

「どうだ、これで見えないだろう？」

かえってエロいです。

「ふえぇん、私の水着がぁ……」

「困っちゃいますよねぇ、ご城主様。お楽にしてあげましょうかぁ♡？」

胸に包帯を一本だけまく将軍。

下乳をさらけ出すセティア。

発情するアイネ。

興奮でガチガチの僕。

今日もお風呂場は湯煙《ゆけむり》と混沌《カオス》に包まれている。


「バカばっかりでございますね」

捨て台詞《ぜりふ》を残してカランさんがサウナ室へと消えていった。


きのした魔法工務店はガウレア城塞の本格的なリフォームに着手した。

「グスタフとバンプスには窓を作ってもらうからね。それじゃあスキルを伝授します」

グスタフには石壁を変形させるスキル、バンプスには窓枠を作製するスキルを与えた。

「とりあえずはそれぞれに作業を進めておいて。ガラスは明日以降にはめ込んでいこう」

「ご城主様はどうなされるんで？」

「僕は空調システムを作っていくよ」

「空調？」

「空調っていうのは空気調和の略語ね。温度、湿度、気流、それに空気の汚れなんかに配慮するシステムなんだ」

「ほぉ……」

「僕は空調の核となるファンコイルユニットというものを作るから、窓は二人に任せるよ」

「へい、社長！　じゃなかった、ご城主様」


メインユニットを最上階の部屋に取り付けた。

ここから温水と冷水の通る配管を枝分かれさせていく。

いやあ、度重なる作製で僕のレベルはまた一段と上がっているね。

魔力枯渇になることもなく、サクサクと配管が並んでいく。


「ご城主様ぁ、お昼御飯ですよぉ！」


お、アイネが呼びにきたぞ。

もうお昼？

時間が経つのがあっという間だ。

休憩時の飲み物はもちろん特濃ブレガンド茶である。

「ゴク、ゴク、ゴク、ぷはぁっ！　不味《まず》い！　もう一杯！」

一生懸命ブレガンド草を集めてくれるセティアには感謝しかないよ。

今度、冬物のコートをプレゼントしようかな？

必要なものがあれば何でも言ってほしいのに、セティアはすぐに遠慮するから困ってしまう。

そうこうしているうちにまた満月がやってきたけど、ガウレア城塞軍の圧倒的勝利で戦闘は終わった。

「敵を城塞に寄せつけないのだから当然だ」

エリエッタ将軍は笑いが止まらないようだ。

これまでは少なからず白兵戦になっていたのに、照明のおかげで敵の侵入をほとんど許さずに勝敗が決してしまうのだ。

「矢の無駄《むだ》撃ちはなくなったし、補充の兵はたっぷりいるしで、わが軍は圧勝続きだよ」

今回も城塞側に戦死者は出ていない。

これなら次回も勝てるかな？

それとも魔物も学習して、なんらかの対策を講じてくるのだろうか？

戦闘に関して僕ができることはなさそうなので、グスタフとバンプスとリフォーム作業を続けることにした。

「ご城主様、お疲れ様です」

「窓ガラスのおかげで部屋が明るくなりました。ありがとうございました」

僕が作業をしていると声をかけてくれる兵士が増えた。

僕のジョブが戦闘系じゃないとわかって安心しているのかもしれない。

「ご城主様、御用商人のフィービー・ボーンさんがいらっしゃいました」

作業をしているとアイネが僕を呼びに来た。


「フィービーさんが？　今度は何の用かな？」

「お会いになりたくなければ面会をお断りすることもできますよ」

「いや、会うよ。実は僕もお願いしたいことがあったんだ」


作業をグスタフとバンプスに任せて僕は執務室に戻った。

執務室ではフィービーさんが満面の笑顔で待っていた。


「こんにちはご城主様。びっくりしましたわ、城塞の雰囲気が一気に変わってしまいましたね」

「いろいろと頑張っていますよ。どうぞ、おかけください」


お茶と一緒に冷蔵庫のガトーオペラをお出しした。

フランス発祥のお菓子《かし》で、チョコレートケーキの王様なんて呼ばれている……と、箱に書いてあったよ！

バタークリームやガナッシュを何層にも重ねて、上からチョコレートでコーティングしてあるそうだ。

僕もお相伴《しょうばん》したけど、これは美味《おい》しい！

後で暴《あば》れられても困るからエリエッタ将軍の分も残しておこう。

「たいへん美味しゅうございます。まさかこの地でチョコレートを食べられるとは思ってもみませんでした」

フィービーさんもうっとりとガトーオペラを頬張《ほおば》っているぞ。

場はいい感じでなごんでいるからそろそろ用件を聞きだしてみるか。

「そうそう、シャンデリアの調子はいかがですか？　故障などがあれば修理に伺いますが」

「おかげさまで家の中が光り輝いております。一目でいいから見たいと、当家には連日のように客人が詰めかけているほどでございます」

なるほどねえ……。

そのうちガウレア城塞の大広間にもシャンデリアをつけた方がいいのかな？

僕もエリエッタ将軍もそういうことには疎いんだよね。

まあ、ここは軍事施設だから、装飾は後回しでいいや。

「それで、今日はどういった御用でいらしたのでしょう？」

「実はお願いがあってまいりました。対価は惜しみませんので、なにとぞ当家にガラス窓をつけてはいただけないでしょうか？」

「ガラス窓ですか……。いいでしょう」

「え、よろしいのですか？」


あっさり請け負ったら、フィービーさんは意外そうな顔になった。


「御用商人のフィービーさんにはお世話になっていますからね。今後ともいい関係を保っていきたいですし」

「ありがとうございます」

「ただ、二つほど条件をつけさせてください」

「なんなりと」


交換条件が提示されることは織り込み済みか……。

「一つ目ですが、これと同じものはダメです」

僕は執務室の窓を指さした。

「これを作るには時間と魔力がかかりすぎるのです。こちらがお見せするカタログの中から選ぶという形をとっていただきます」

「承知いたしました。私もそれで異存はございません。もう一つの条件というのは何でございましょう？」

僕にとってはこちらの条件が本命だ。

「森の中で火事に遭《あ》った廃墟《はいきょ》を見つけました。調べたところ、あれはボーン商会の持ち物だそうですね？」

フィービーさんは少し考えて思い出したようだ。

「ああ、そんなものもありましたね。ずいぶん昔のものなのでぼんやりとしか記憶しておりませんが」

「あれを僕にもらえませんか？」

「廃墟をどうなさるのですか？」

「僕の助手のセティア・ミュシャはご存知ですよね？」

「先日、ご一緒に当家へいらした方ですね」

「セティアは薬師なのです。あの廃墟を作業小屋にできると助かるんですよ」

「なるほど、そういうことなら問題ありませんね。さっそく譲渡証明書を作成しましょう」


取引はスムーズにいった。

嬉しいから三個くらい窓をつけてあげようかな。


「窓ガラスはさっそく明日にでも取り付けにうかがいますね」

「それは助かります。こちらも歓待の準備をしてお待ちしておりますわ」


フィービーさんは弾《はず》むような足取りで帰って行った。

ブレガンド草は僕にとってなくてはならないものだ。

冬が訪れる前になるべくたくさん取ってもらって、できるだけ薬草茶を作ってもらわなくてはならない。

そのためにも森の作業小屋は絶対に必要である。

さて、次はボロ屋のリフォームだな。

どんな感じに仕上げようか？

考えるだけで楽しみだった。

◆◆◆

大陸、北の某所。

人類にはまだその場所を特定されていない魔王の城が深い山脈の奥地にあった。

魔王はこの地で有力な魔人を束《たば》ね、人間の生活圏を我《わ》がものにし、人類を食料かつ奴隷にしようと目論《もくろ》んでいる。

だが、その計画は次々に召喚される異世界の人々によって阻《はば》まれていた。

魔軍参謀フラウダートルは目を通した報告書に首をかしげていた。

枯《か》れた老人のような姿をしているが、卓越した知能を持つ彼をバカにする者は魔軍にいない。

こめかみから生えた細い角をかきながらフラウダートルはつぶやいた。


「おかしい……」

「なにがおかしいんだい、フラウダートル？」

「ふむ、ブリザラスか……」


部屋に張り詰める冷気をものともせず、フラウダートルは入ってきた魔人を見返した。

彼女の名前は氷魔将軍ブリザラス。

七大将軍の一角をなす魔人の一人だ。

本人は魔軍きっての美女のつもりでいるがそれを認める者は少ない。


「西方のガウレアで異常が起きている」

「ガウレア？　重要拠点でもなんでもないじゃないか」

「そうなのだが、満月に攻め入った魔物どもが二回も壊滅しているのだ」

「ふーん、そりゃあ妙だね」

「特に産業もない西方の田舎町《いなか》だ。召喚勇者が守っているわけでもないだろう。いったいどういうことやらな……」


魔人たちが木下武尊《きのしたたける》のことを知る由もない。


「私が行ってこようか？」

「そうしてくれるか？」

「冬が近いうえに、月蝕《げっしょく》の日はすぐそこだよ。アタシの力が最大限に高まればガウレアのやつらをすべて凍《い》てつかせてやれるんだ。それに月蝕ならスノードラゴンを動かせる」

「ふむ……」

「ねえ、行かせておくれよ。最近は召喚勇者のせいでイライラがたまっているんだ。たまには奴らに邪魔されず人間を大量に殺したいじゃないか！」

身をよじらせて悶《もだ》えるブリザラスを、フラウダートルは嫌悪感を出さないように見つめた。

「よろしい、ブリザラスに行ってもらおう。魔王様には私から報告しておく」

「ありがとね、おじいちゃん」

意気揚々《いきようよう》と出て行くブリザラスを見送ってから、フラウダートルは再び報告書に目を落とした。

☆☆☆

森の廃墟がフィービーさんから正式に譲渡された。

さっそくリフォームを施《ほどこ》して、使い勝手のよい作業場にしていくつもりだ。

僕とセティアは早朝から森へと向かった。

廃墟の中は先日訪れたときと同じままだった。

セティアが体を硬くして俯《うつむ》いている。

「セティア、どうしたの？」

「わ、私が死んだ場所……」

先日のあれか……。

「あのこと……怒ってる？」

セティアは弾《はじ》かれたように顔を上げ、ブンブンと大きく首を横に振った。

「お、お、怒ってなんていません！　ただ、ご城主様に跨《また》がるなんて失礼なことをしてしまって！　それなのに私は気持ちよくなって昇天《しょうてん》してしまって！」

「お、おい……」

「恥ずかしいから忘れたいけど、快感が強烈すぎて忘れられなくなって！」

「いや、その……」

「うぅ……、今でも気が付くとしょっちゅうあのときのことを考えてしまうのです。そのたびに体が熱くなって……。うわあっ、私は何を言って！」

セティアは両手で顔を覆《おお》って泣き出してしまった。

いったいどうすればいいんだ？

「僕もよく思い出すよ。文字通り尻《しり》に敷かれていたもんなあ」

冗談のつもりで言ったのだが、セティアは卒倒してしまった。

頭から蒸気《じょうき》が立ち昇っている。

「や、やはり死んでお詫《わ》びを！」

「本気にしないでって！　それに今日はやることがいっぱいあるんだよ！　もうあのことを振り返るのはやめておこう」

「そ、そうでした……」

セティアは気力を振り絞って立ち上がってきた。

「落ち着いて作業に取り掛かろう。僕はリフォームをするから、セティアは薬草をとってきて」

一緒にいると僕も意識してしまって仕事になりそうもない。

「そ、そうですよね。私がいてもお役には立てませんし、お邪魔ばかり……」

セティアの瞳《ひとみ》にまだ涙が滲《にじ》んでいる。

だから思わず僕も動いていた。

「そんなことない」

いいながらセティアを抱きしめる。

「そんなことないよ。セティアにはいつだって感謝しているんだ」

「ご城主様……」

セティアは僕の胸に少しだけ顔をうずめてから言った。

「もう、放《はな》してください……」

「ご、ごめん、勝手に抱きしめたりして！」

「そうじゃないんです……。か、感動と快感でおしっこが漏《も》れそうになっていて……」

君は正直すぎるぞ……。

「や、薬草取りに行ってきます！」

セティアはそそくさと森の中へ消えていった。

なんというか、あれがセティアという女の子だもんな。

あるがままに受け入れるしかないか。


僕は気を取り直して廃墟のリフォームに取り掛かった。

壁と床の補修から始まり、焼け落ちた屋根をつけ直すのに一時間くらいかかった。

我《われ》ながら作業スピードが上がっているなあ。

これ、ひょっとしたら一日で終わってしまうかも……。

それもこれも、連日ぶっ倒れるまで城塞のリフォームをしているおかげだな。

休憩を挟んで今度は内装に取り掛かった。

建具（ドアや窓の枠）をとりつけ、窓にはガラスも入れていく。

内壁は壁紙を張らずに板がむき出しのログハウス風にした。

ガウレア地方は石造りの家ばかりだけど、セティアの故郷は木造が一般的らしい。

住み慣れた故郷の家に近い風合いなら少しは落ち着いてくれるかな?

家としての体裁が整ったので、次は家の各所を仕上げていこう。

まずは照明だな。


「た、ただいま戻りました。うわあ……」

薬草取りから帰ってきたセティアが家の中を見て驚《おどろ》いている。


「どう、いい感じになってきたでしょう?」

「す、すごいです。私の実家よりずっと立派ですよ。こんな素晴らしい作業場を使わせてもらって本当にいいのですか?」

「これくらいどうってことないよ。そうだ、ミニキッチンを作ったんだ。さっそくブレガンド茶を淹《い》れて使い心地を試してみようよ」


僕らはお茶を沸かし、作り立てのソファーに座って休憩した。

今日も特濃ブレガンド茶が体に染みるぜ。

あ～、不味い!

「トイレは午後に作るとして、他に必要なものってある？」

「お、大きな作業台をいただけると助かります」

作業台と椅子《いす》は部屋の真ん中に置くことが決まった。

「ご、ご城主様……、差し出がましい意見を言ってもよろしいでしょうか？」

「遠慮しないでよ。他になにか足りないものがあるの？」

「そうではございません。ただ、心配になってしまって」

「心配？　なんのこと？」

「泥棒です」

「あ～、薬草を盗まれないか心配しているんだね。ドアのロックは鍵《かぎ》と暗証番号のダブルだけど……」

「そ、そうではありません。危険なのはこの家ですよ」

セティアは心配そうにオロオロしだした。

「家が危険ってどういうこと？」

「だって、この家には各所にガラス窓が付いているじゃないですか。ドアだって立派ですよ」

この世界では透明な板ガラスが貴重品なのをすっかり忘れていた。

豪商のフィービーさんが大金を積んでも欲しがるくらいだもんなあ。

「泥棒が窓ごと盗んでいくことを心配しているんだね？」

「や、薬草が盗まれるのはいいのです。また採ればいいですから。でも、ご城主様が作られた家を泥棒に踏みにじられるのは耐えられません」

その心配は確かにあるな。

外せば光らないのに照明を盗もうとする輩《やから》だっているかもしれない。

「よし、セコソックをつけよう！」

「セ、セコソックとはいったい？」

「ホームセキュリティーだよ」

城塞には大勢の兵士がいるから関係なかったけど、ここを守るにはホームセキュリティーの力が必要だ。

僕は各所に器具を取り付けた。
「これらの器具を取り付けることによって『泥棒感知』『火災感知』『非常通知』の三つが可能になるんだ。これで安心だよ」

でも、本当にこれだけでいいのか？
僕にしてみれば家はいつでも建てられる。
なにより大切なのはセティア自身だ。
もし、強盗がセティアを襲ったら？
ウーラン族をよく思わない人々が襲撃してきたら？
心配の種は尽きない。

「うん、やっぱりスーパービッププランにしてしまおう」

実を言うと、ホームセキュリティーは魔力とは別にお金がかかる。
とりあえず手持ちのお金で間に合いそうだから契約してしまおう。
まあまあの出費だけどセティアのためだから仕方がないね。
契約が済むと、僕の手の中に携帯エマージェンシーコールが現れた。

形状は腕時計のようで、手首に装着することができる。

「セティア、いつでもこれを持っていて」

僕はセティアの手首にエマージェンシーコールを付けてあげた。


「これはどういうものなのですか？」

「腕輪に丸い金具がついているでしょう？　危険を感じたときは迷わずこれを引っ張ってほしいんだ」

「引っ張るとどうなります？」

「セキュリティーが駆けつけてくる。ちょっと試してみよう」


僕らは表に出た。


「さあ、思いっきり引っ張ってみて」

「こ、こうですか？」

セティアは恐々《こわごわ》といった手つきでストラップを引っ張る。

そのとたん空間が開き、油膜のような入り口から次々とゴーレムたちが現れたではないか。

「ア、アイアンゴーレム！」

腰を抜かしてへたり込みそうになるセティアを抱えた。

「安心して、セティアを守ってくれるゴーレムだよ」

ゴーレムはぜんぶで七体。
騎馬型《ナイト》×１、兵士型《ポーン》×６の構成だった。
騎馬型は半人半獣で馬の胴体に人間の上半身がくっついている。
兵士型は槍兵《そうへい》、剣と盾を持った兵、弓兵が二体ずつ。
こう言ってはなんだけど城塞の兵士よりずっと強そうだった。
さすがは安心安全の大手メーカーだけはあるな。
二つの力を合わせたような力強いネーミングも魅力的だ。
そう思わない？

「セティア・ミュシャ様の安全を確認しました。引き続き家の警備に移行します」

ゴーレムたちは家の各所に移り、警備・巡回を始めた。

「家の大きさに比較して警備が大袈裟《おおげさ》かな？　でも、これでセティアの安全は完璧《かんぺき》に守られると思うよ」

僕の腕の中でセティアはまだ震えている。そんなに怖かった？

「ご、ご城主様……」

「どうしたの？」

「は、放《はな》してください。恐怖と感動と快感でまたおしっこが……。あ、あ、あと十五秒で漏らします」

十五秒って……、意外と冷静に状況を分析できるんだね。

セティアは作ったばかりのトイレへ駆け込んでいった。

第六章

寒さ対策は完璧《かんぺき》です

城塞のリフォームはもう少しで完成だった。

すべての窓にガラスが入り、壁の内側には断熱材も入っている。

照明は各部屋や通路を明るく照らし、これまでよりずっと住みやすくなった。

「あとは空調だけだね。僕はこの階のファンコイルユニットの続きを作るよ。グスタフとバンプスは引き続きダクトの作製をお願いね」

二人とも作業に慣れて仕事が早くなっている。

これなら今日中に空調が完成するだろう。

「雪が舞ってきましたな……」

外を見ていたバンプスがつぶやいた。

「どうりで冷え込むと思ったよ」

吹き込む北風に白いものが舞っている。

いよいよ厳しい冬の始まりだ。


作業に集中しているとアイネが僕を呼びに来た。


「ご城主様、エリエッタ将軍が呼んでいらっしゃいますよ。何かなさったんですか？」

「へっ、なんで？」

「たいそう難しいお顔をしていらっしゃいました。ひょっとしたら怒らせてしまったかもしれませんよぉ」

「いや、心当たりはないなあ……」


でも、おやつやお風呂《ふろ》で将軍とはしょっちゅう顔を合わせるのだ。

わざわざ呼び出してくるとは何かあったのかもしれない。


「もし、叱《しか》られたときは慰《なぐさ》めてあげますよ。ご城主様の大好きな、水色と白のストライプの水着を着てお体を洗ってさしあげますね♡」

「ばっ！　そういうのを大声で言わないの！」

幸いなことにファンコイルユニットを設置する部屋は他に誰《だれ》もいなかった。

まったく、誰かに聞かれたらどうするんだよ！

ちょっと「かわいいね」って褒めただけなのに大好きだなんて勘違いしちゃってさ……。

まあ、大好きだけど。


執務室を訪ねるとエリエッタ将軍は珍しく物思いに沈んだ顔をしていた。

ここの窓も僕の執務室と同じように大きなものをつけている。

窓からは戦場となる北の荒野がよく見えていた。


「どうしたのですか、浮かない顔をして？」

「うむ、王都からの知らせだ。王立天文学院によると二週間後に月蝕《げっしょく》が起こるそうだ」

「月蝕ですか。珍しい天文現象だけど、それがどうしたっていうのです？」

「月蝕は満月のとき以上に魔人の力が増すのだ。今回の侵攻はこれまでにないものになるかもしれない。嫌《いや》な予感がするよ」

何事にも前向きなエリエッタ将軍らしくないな。

月蝕というのはそれほど恐ろしいものなのか……。


「城塞のリフォームは今日中に終わります。僕ももう一つだけ打てる手を打ってみますよ」

「それはなんだい？」

「魔法触媒コーティングです。二酸化ミスリルを主成分としたコーティング剤がありまして、本来は壁などに塗る塗料なんですけど、これを兵たちの防具に塗ろうと思います」

「するとどうなる？」

「魔力が当たると嫌な匂《にお》いを防いだり除菌をしたりします。防汚効果も高いです。そのうえ敵の魔法攻撃を三八パーセントも無効化するんですよ。ちなみに、人体にも環境にも優しい安心素材です」

「すぐにやって！」


そうなるよね。

レベルが上がってコーティング剤が作れるようになってよかったよ。

塗るのも三人がかりでやれば一週間ほどで何とかなるはずだ。

作業に取り掛かるのは明日からだな。

日が暮れるとグスタフとバンプスを社員にしておけないのが難点だね。

まあ、きのした魔法工務店は残業なしの超ホワイト企業ということだ。


魔法触媒を塗った大盾に火球《ファイヤーボール》が直撃した。

轟音と共に爆炎が上がり、周囲を赤く染め上げる。

だが、火炎の熱が収まると、大盾を構えていた兵士は笑顔を見せた。

兵士は盾を高く上げて喜んでいる。


「ヒュ～、すげえ！」

「どう、効いている？」

「いいですね。まともに喰《く》らうよりも熱くないです。衝撃も軽減されていますよ」

「魔法触媒の効果はあるってことだね」

「反射魔法《リフレクション》ほど顕著ではないですが、あらかじめ大量に用意しておけるっていうのがいいですよ！」


僕らは魔法触媒を塗った盾や防具を使って、効果を実証中だ。

反射魔法だと持続時間が短いし、術者の数だって限られる。

その点、魔法触媒コーティングなら一年以上長持ちする。

戦いが始まる前に余裕をもって、大量に用意することが可能なのだ。

僕の魔力はごっそり削られるけど、コストパフォーマンスは比べるまでもない。

「よし、グスタフとバンプスは盾にコーティングをお願い。僕はヘルメットにやっていくから」

ヘルメットの後はすべての防具にコーティングを施《ほどこ》す予定だ。

猫の手も借《か》りたいぐらい忙しい。

社員をあと三人は雇《やと》いたいよ。

月蝕の日に向けて僕らは張り切って作業を開始した。


夕方、へとへとになって執務室のソファーで休んでいると、隣室からアイネの悲鳴が聞こえてきた。


「ぎゃあああああああああっ！」

この部屋の防音を突《つ》き破るとはかなりの大声を出しているようだ。

いったいなにごとだろう？

疲れた体を引きずるようにしてアイネの控室へ続く扉を開いた。

「どうしたの、そんな大声を上げて……？」

僕の目に飛び込んできたのは引きつったまま硬直しているアイネの顔、続いて困惑しているセティアの顔だった。

「やあ、セティア。何があったんだい？」
「こ、これを見せたら、アイネさんがびっくりしてしまいまして……」

セティアは両手に持ったブツを僕にも見えるように高く差し出してきた。

「うえっ？」

蛇《へび》と巨大な蜘蛛《くも》……。
蛇の方はマムシに似ているな。
蜘蛛は手のひらほどの大きさがあり、背中に赤い毛がモジャモジャと生えている。

「そ、それは……」

「マムリンと背赤グランチュララです！　珍しいのが立て続けに見つかってしまいました！」

セティアにいつものおどおどした様子はなく、むしろ「褒めて！」という表情をする犬みたいだ。


「すごいね……。ど、毒はないのかな？」

「あるに決まっているじゃないですか！　この毒を利用して薬を作るのですから！」

「えーと……、セティアは怖くないの？」

「何がですか？」

「毒蛇と毒蜘蛛だよ」

「平気ですよ。慣れていますからね」


セティアは何が怖いのかわからない、といった表情をしている。


「それではさっそく、これを使ってご城主様のお薬を作ってきますね」

「僕の？」

「はい、滋養強壮、魔力アップの秘薬です。作る前にどうしても現物をお見せしたくて持って来てしまいました！　これだけ元気な背赤グランチュララですから、きっといい薬ができますよ！」

大蜘蛛はウネウネと八本の足を動かしてもがいている……。

「すぐに薬を作ってまいりますね！」

セティアはいつになく元気に走り去っていった。
アイネは気丈《きじょう》に立ち上がり、かすれる声で僕ににじり寄る。
「これまでにないくらい難しい顔をしていますよ。抱きしめてさしあげましょうか？」
「そ、そうだね……」

あれで作る薬を飲むのか……。
セティアの作る薬だから、きっと効果はすごいのだろう。

「いらして、ご城主様」

苦悩する僕の頭をアイネはその胸で受け止めてくれた。
彼女の優しさと胸の柔《やわ》らかさが、少しだけ僕の苦しみを癒《い》やしてくれた。

城塞のリフォームはすべて終わった。

空調も問題なく動いている。

これで冬も暖かく過ごせるだろう。

女性の士官がお礼だと言って手作りのアップルパイをプレゼントしてくれた。


「ありがとう、こんな贈り物をもらうのは初めてだから本当に嬉《うれ》しいよ」

「いいえ、私たちこそ、ご城主様のことを何も知らないのに、勝手に怖がってしまって申し訳ありませんでした」

「もういいんだよ。僕は人肉を食べないし、体毛は薬にならないからね。それだけわかってもらえればじゅうぶんさ」

「あと、ご城主様が横を通るだけで女は妊娠するって噂《うわさ》もあったのですよ」


そんなのまで！

そういえば、僕の姿が見えた途端に大回りして迂回《うかい》する女性兵士がたくさんいたような……。

あれはその噂のせいだったのか！

「あ、もう誤解はとけています！　いつも一緒にいるメイドや将軍のお腹《なか》が、いつまでたっても大きくならないのですもの。そりゃあ嘘《うそ》だってわかりますわ」

噂って本当にいい加減だな。


ここ数日で一気に冷え込みが厳しくなってきた。

毎日曇天《どんてん》が続いて雪が舞っているほどだ。

もう四日以上太陽を見ていないぞ。

朝晩の気温は氷点下を下回るようで、防火水槽の水もすっかり凍りついている。

蛇口《じゃぐち》は完全に閉めず、チョロチョロと細い水を出し続けるようにと、城下にお触《ふ》れを出したくらいだった。

それにしても寒い！

暖房のおかげで城塞の中は暖かいけど、冬服を買い足しておいた方がいいかもしれない。

セティアの分も必要だ。

セティアは冬でも森に出かけるのだ。

コートや帽子《ぼうし》、手袋も買ってあげたい。

それから水着も……。

いつまでも包帯《ほうたい》で入浴ってわけにはいかないよね。

エリエッタ将軍に引きちぎられてちょっと短くなっているから、僕にとってかなり目の毒だ。

下乳は反則だよ……。

一人で入ればいいのに、なぜかセティアは一緒に入りたがるんだよ。

「一人で入るのは怖いので」とか、震えながら言うからさ……。

少し残念ではあるけど、水着を買ってあげるとしよう。

服を買うにあたってカランさんに相談してみた。


「どこかいい店はないかな?」

「それでしたら仕立て屋を城塞に呼びましょう」

「え、お店に行くんじゃなくて?」

「ご城主様ともなればそれが当たり前です」


そもそも店に既製品というものはなく、オーダーメードが基本なんだって。

その日のうちに職人さんが城塞に呼ばれ、僕とセティアの採寸をしてくれた。

仕立て屋さんはよく喋《しゃべ》る人だった。

五十がらみのおじさんで、太い眉毛《まゆげ》が活発な印象を与えてくる。

このおじさんも最初は僕のことが怖かったそうだが、街に蛇口をつけるのを見て考えを改めたそうだ。

「ご城主様のおかげでガウレアはすっかり住みやすくなりましたよ」

「それはよかったです。他に不便はありませんか?」

「数え上げればキリはないんですがね、まあ何とかやっております。それにしても寒くなりましたなあ。いや、この城塞の中は特別に暖かいのですがね。これもご城主様のお力で?」

「まあ……」

「大したものだ！　あっしも住んでいるボロ家を引き払って城塞へ引っ越して来たいくらいですよ」

「はは……」

「ここは谷間だし、北に直面していて風が吹き込むから、普段なら街よりずっと寒いんですよ。でも、いまじゃあガウレアでいちばん暖かい場所かもしれませんなあ」

おじさんはこの調子でずっとしゃべり続けている。

「それにしても今年の寒さは異常ですな」

「そうなの?」

「ええ、冬の初めでここまで冷え込むのは初めてですよ。生まれてからこのかた、五十二年もここに住んでいるあっしが言うんだから間違いありません。まるで冬の魔物がこちらへやって来るような寒さですよ」

「え〜、あんまり不吉なことは言わないでよ」

「これは失礼いたしました。ですが、ご城主様がいらっしゃれば魔物の軍勢など恐れるに足りずですよ！　うわっはっはっ！」


そう上手《うま》くいくといいけどなあ……。

仕立て屋さんが帰った後も僕の不安は消えなかった。

そんな僕を見てカランさんが声をかけてきた。


「ソワソワしていらっしゃいますね」

「うん、やっぱり月蝕っていうのが恐ろしくてさ」

「その心配はありますね。月蝕の魔物はいつもよりずっと強力です」

「だよね……」


浮かない僕にカランさんは意外なことを言いだした。


「お風呂に入りましょう」

「はい？」

「寒さは人の心を弱くします。お風呂で温《あたた》まればきっと元気になりますよ」

「そうかもしれない。……そうだ！　次は兵士たちのために大浴場をつくるよ」

「兵たちのお風呂ですか？　ですが、ご城主様は働きづめでございます。少しは休まれた方がよろしいかと」

「大丈夫、大きな浴槽を作るだけにするから。それなら今日中にできるよ」

源泉かけ流しにすれば濾過《ろか》装置もいらないもんね。

転送ポータルから送られてくる魔法湯《まほうとう》は毎分七千三百リットルあるんだもん。

千人風呂を二つ作ったってまだ足りるさ！


グスタフとバンプスにも手伝ってもらってその日のうちに露天風呂を二つ作った（女用と男用）。

これで兵士たちもヌクヌクだぞ。

魔法湯は治癒効果が高いから膝《ひざ》に矢を受けた兵士の古傷も癒やされるだろう。

◆◆◆

ガウレア城塞をはるか彼方《かなた》に望む丘の上に一人の魔人の姿があった。

青い肌に銀の髪、酷薄な目は赤く輝いている。

氷魔将軍ブリザラスだ。

彼女は丘の上に座り巨大な魔法陣を展開していた。

「月蝕が近づくごとに私の魔力が高まっている……。ククク、まさかこの寒さが氷魔将軍の仕業《しわざ》とは思ってもいまい。さあ人間ども、身も心も凍《い》てつかせてやる。たっぷりとなぶって、最大限弱ったところで息の根を止めてやるからそう思え。月蝕の晩がお前たちの最期だ」


ブリザラスは極大範囲魔法で冷たい吹雪を城塞にぶつけていた。

中の人間は口もきけないほどに凍《こご》えているだろう、ブリザラスはそう考えているのだ。

だが魔人は知らなかった。

断熱材によって吹雪の効果が著しく下げられていることを。

魔人は知らなかった。

セントラルヒーティングによって各部屋が暖かく保たれていることを。

魔人は知らなかった。

ガウレア城塞の人々は下級兵士にいたるまで温泉で温まっていることを。

決戦の日は近い。

☆☆☆

大浴場を作ってからというもの、僕に対する兵士たちの態度はすっかり変わってしまった。

ここに来た当初は怖がられたり嘲笑《ちょうしょう》されたりだったけど、今ではみんなが尊敬の念を込めて挨拶《あいさつ》してくれる。

「そりゃあそうさ、タケルはそれだけのことをしてくれたんだからな」

エリエッタ将軍の執務室で僕らは打ち合わせをしている最中だ。

「中には跪《ひざまず》いて祈りを捧《ささ》げてくる人もいるんです。あれは困るからやらないでほしいですけどね」

「ははは、私だって祈りを捧げたいくらいタケルには感謝しているぞ」

「やらないでくださいよ、示しがつかなくなるから」

「わかっている。だが今ここには、私たち以外は誰もいないぞ」

「え？」

「祈りはともかく、せめて私の礼を受けてはくれぬか」

「それは……」

エリエッタ将軍は片膝をついて、僕の手の甲《こう》にキスをしてくれた。

「まずいですって」

「気にするな、タケルは私の上官だぞ」

「あ、そうだった」

すっかり仲良くなったから、どちらが上官とか、すぐに忘れてしまうんだよね。

エリエッタ将軍は心配そうに聞いてくる。

「気を悪くしたか？」

「びっくりしけど嬉しかったです。その……、将軍に感謝されているんだって実感できたので……」

「そうか？　だったら口にキスをすればよかったかな？」

「将軍！」

エリエッタ将軍はいたずらっ子のようにニンマリと笑った。

「冗談だ。それに風邪《かぜ》気味のようで、ちょっと喉《のど》が痛いのだ。タケルにうつしてもいけないからキスは我慢《がまん》しておくさ」

「もう……」

気恥ずかしくなって僕は窓の方を向いた。

この部屋からは北の平原が見えるけど、すっかり雪で覆《おお》われている。

「こんなに積もったら、魔物だって歩くのが大変じゃないですか？」

雪は一メートル以上積もっているのだ。

まともに歩けるとは思えない。

「雪のせいで襲撃を思いとどまってくれればいいのだけどな……」

そうはならないだろうと将軍は言外に言っていた。

「いよいよ明日は月蝕ですね。絶対に守り抜きましょう」

「うむ。打てる手はぜんぶ打ってくれたのだろう？　後は私たちに任せてくれ」

「それじゃあ、僕は最後の点検に行ってきます」

エリエッタ将軍の執務室を出て、内線、防犯カメラ、照明の点検をしていく。

打てる手はぜんぶ打った、か……。

本当にそうだろうか？

まだできることはないかな？

僕はあれこれと考えを巡らせる。

ふむ、あまり時間はないけど、ひょっとしたら役に立つかもしれない……。

念のためにいくつか設置しておくとしよう。

とあることを思いついた僕は新しいものを設置するために寒い城壁の上へと出た。


月蝕の日がやってきた。

雪は止《や》んでいたけど外気は一層冷え込み、兵士たちの体力を奪っている。

それでも連日暖かい室内で暮らしていたので、体力が落ち込んでいる者はいない。

今夜は僕も鎧《よろい》を身につけた。

もちろん魔法触媒コーティングを施したものだ。

これが実戦でどれほどの効果を示すかはわからないけど、今は自分の作ったものを信じるしかなかった。

「将軍、喉の痛みはどうですか？」
「一晩寝たら治ってしまったよ」

心配していた将軍の風邪はよくなったようだ。
将軍はいつもの元気を取り戻している。
これなら指揮にも問題は出ないだろう。
日が暮れてしばらく経《た》った頃、空を眺めていた兵士の一人が叫《さけ》んだ。

「月が！　月が欠《か》けているぞっ！」

おお、月蝕だ。
中二のときに見て以来である。
理科の内山《うちやま》先生が開いた観望会に参加したことがあったよなあ。
あのときは皆既月蝕《かいきげっしょく》で、月が赤く染まるのに驚《おどろ》いたものだ。
今夜は部分月蝕のようである。
と、空を見ていたら内線が鳴った。
受話器を取った伝令兵が叫ぶ。

「敵襲ううううううっ！」


僕は目を凝らして前方を見たけど、動いているものは何も見えない。

だけどしばらくすると地響きのような音がしだした。

ズシーン、ズシーン……。


「なんだ、この音？」

「タケル、あそこだ！」


将軍の指さす先に僕が見たものは……。


「白い……ドラゴン！」

「スノードラゴンだあああっ！」


雪が保護色になってわかりづらかったけど巨大なドラゴンがガウレア城塞に迫っていた。

全長は五〇メートルくらいありそうだ。

もしあんな化け物が城壁に取りついたら、ここの壁だって持たないかもしれない……。

「ド、ドラゴンを近づけるなあああっ！」

「矢を射かけろおおおっ！」

「魔法攻撃開始いいいいいっ！」


混乱の極みに達した兵士たちが各所で勝手に攻撃を始めている。

まだ距離がありすぎて矢も魔法も届いていないというのに、みんな恐怖で我《われ》を忘れているのだ。


「バカ者！　攻撃を止めんかあああああっ！」


エリエッタ将軍が命令するけど兵士たちの耳には届かない。

将軍の声がいつもより響いていないぞ。

雪が音を吸収してしまっているのかもしれない。


「もっと引き付けてから撃つんだ！　伝令兵、内線で各所の攻撃を止めさせるように言え！」

「やっているのですが……」


兵たちの混乱で指揮系統はぐちゃぐちゃだ。

このままではまずいな。

こうなったら……。

「撃ち方やめえええええええええっ！」


冷たい冬の夜空に僕の声がエコーした。

十五台の大型スピーカーが若干ハウリングしながら僕の声を伝えている。

時間がなかったので微調整している暇《ひま》がなかったのだ。


「ご、ご城主様？」

「おい、ご城主様の声が聞こえなかったのか？　撃ち方やめだ！」


うんうん、味方の攻撃は止まったな。

喉が痛いと言っていた将軍のためにスピーカーをつけておいたんだけど、思わぬところで役に立ったよ。

僕はエリエッタ将軍にマイクを渡した。

「将軍、これを使ってください。声の大きさを増幅してくれる装置です」

「これに向かってしゃべればいいのかい？」

将軍は大きく息を吸ってから命令を下す。

「あー、あー、慌《あわ》てるな。もう少し引き付けてから攻撃するんだ！」

将軍の声に兵たちが落ち着きを取り戻した。

よし、指揮系統は回復したぞ。

勝負はここからだ！


兵士たちは攻撃態勢のままエリエッタ将軍の命令を待っていた。

将軍のそばにいた上級士官がごくりと唾《つば》を飲み込んで進言する。

「将軍、引きつけすぎるとスノードラゴンのブレスがきます」

「わかっている、タイミングの読みあいさ。腹を括《くく》れ。弱気になったら負けだぞ」

スノードラゴンは口から魔法の吹雪を吹き出すのだ。
たとえこちらの攻撃が命中しても遠すぎればダメージを与えられない。
かといって引き付けすぎれば先にブレス攻撃を受けてしまうだろう。
エリエッタ将軍は最良の間合いを見計《はか》らっているのだ。

「ここだ、総員攻撃開始！」

十五台のスピーカーが一斉に将軍の命令を伝え、無数の矢と魔法がスノードラゴンに向かって放たれた。

「手を休めるな。連続して撃てっ！」

こちら側の攻撃はどんどんスノードラゴンに吸い込まれていく。
だけど致命的なダメージを与えている様子はなく、ドラゴンの足は止まらない。
きっとドラゴンの皮革はとんでもなく分厚いのだろう。
スノードラゴンがその場に立ち止まり長い首を大きく後ろにのけぞらせた。

「やったのか？」

兵士の一人が嬉しそうに叫ぶが、エリエッタ将軍はすぐに否定した。

「違う！　ブレスが来るぞ！　城壁に隠れろ！」

僕もその場で身を伏せた。
数拍遅れて氷片を含んだ突風がガウレア城塞を襲った。
身を切る冷気と猛スピードでぶつかってくる氷が人々にダメージを与えている。
これはかなりまずいかもしれない……。
ブレスが止《や》むとエリエッタ将軍はすぐに命令を出した。

「被害状況を報《しら》せろ。各部隊はどうなっている？」

モニターに各部署の様子が映っている。
みんな城壁にうつぶせになっているけど……、あ、起き上がった！
内線を受けていた兵士が嬉しそうに報告した。

「被害は軽微！　被害は軽微！　重傷者はいない模様です！」

あれだけの猛攻だったのに重傷者がいないのは幸いだ。

「タケルが装備に魔法触媒をコーティングしてくれたおかげさ。そうでなかったら凍傷《とうしょう》患者で溢《あふ》れかえっているところだよ」

「そうか、ブレスは魔法の吹雪ですもんね」

それで威力が三十八パーセント軽減されているんだな。

コーティングは鎧だけじゃなくて盾や防護壁にもやっといたから、重傷患者が少ないのだ。

「攻撃を再開せよ！」

再び攻撃が開始された。

しかしこれ、効いているのか？

弾幕と照明のおかげでスノードラゴンの進撃スピードは遅い。

だけど、一歩ずつ確実に城塞へ迫っているぞ。

このままじゃ城壁に取りつかれるのは時間の問題な気がする……。

エリエッタ将軍がちらりと僕を見てから視線を外した。

そしてことさら冷酷《れいこく》な声を作る。

「ご城主殿、撤退してください」

「な、なにを言って……」

ご城主殿って、久しぶりに呼ばれた気がする。

「召喚者を死なせるわけにはいかないのです。あなたの力を必要とする者はまだまだたくさんいる。私たちに構わずに行ってください」

それはつまり、みんなを見捨てて逃げろってこと?

「嫌だ!　将軍やみんなを置いて行けるわけがない!」

エリエッタ将軍は僕を見ないで、後ろにいるカランさんに叫んだ。

「カラン、タケルを連れていけ!」

カランさんが僕の肩の上に手を置いた。

「ご城主様、ここは将軍の言うとおりに」
「カランさん！」

本当にこれでいいのか？
本当に僕にできることはもうないのか？
ようやく僕は異世界に居場所を作れたんだぞ。
それなのにこんな終わり方をしていいわけがない！
僕がどんなに優秀な『工務店』であっても、同じ環境は二度と作れないんだ。

「セティア！」

敗色が濃厚になってきた城壁の上で、僕はセティアを探した。

「な、な、な、なんでございましょう、ご城主様？」

セティアは僕のすぐ後ろにいた。

「ああ、そこにいてくれたんだね」

「わ、わ、私はご城主様のために死ぬと覚悟ができておりますので」

本気だったんだ……。

「セティア、例の薬はできている？」

「ふえっ？」

「ほら、毒蜘蛛と毒蛇を使ったあれ」

「ああ！　マムリンと背赤グランチュララを使った赤マムリンドリンクですね！」

「うん……」

できることなら飲みたくなかったけど、悠長《ゆうちょう》なことは言っていられない。

「赤マムリンを飲めば、僕の魔法能力は一時的に増大するんだよね？」

「はい。しかも滋養強壮にすぐれ、元気になられること請け合いです。どうぞ！」

セティアから茶色い小瓶《こびん》を受け取った。

コルク栓《せん》を抜くと甘い薬草のような香りが立ち昇る。

蜘蛛のウネウネと蛇のニョロニョロを思い出してしまったけど、僕はかまわずに薬を煽った。


「うげっ……」


エナジードリンクを濃縮して、生臭《ぐさ》さを加えた感じの味がする。

吐かないように手で口を押さえていると、変化はすぐに訪れた。


「お腹が熱い……」

「全身から魔力を集めて、魔力だまりで練り上げているのです。今なら大きな魔法も使えますよ」

「ありがとう、セティア」


僕はエリエッタ将軍やカランさんの方を向き直った。


「スノードラゴンは僕が何とかします。将軍は攻撃を続けてください」

「何とかするって、タケル……」

「大丈夫、きっとうまくいきますよ！」

みんなを励まして城門につながる階段を駆け下りた。


外へ出るとスノードラゴンはかなり間近に迫っていた。

ここからの距離は五〇メートルもないだろう。

これだけ近づいていると迫力が違うな。

果たして僕にアイツを倒すことができるのだろうか?

スノードラゴンの咆哮《ほうこう》に足がすくみ、体の震えが止まらない。

ダメだ、早く用意をしないと後がないいんだぞ。

怖がるな!

動け、僕の体!


「っ!」

突然、後ろから柔らかなものに包まれた。

「ア、アイネ!」

「すごい震え……。大丈夫ですよ、ご城主様。アイネがこうして抱きしめていますからね」

「ダメだ、君は早く逃げるんだ！」

「そうおっしゃられても、ほら。カランさんとセティアも来てしまいました」


みんな……。


「三人は早く避難を！」

「私は異世界人が何をするのかを観察し、報告する義務がございます」

「し、し、死ぬときはご一緒がいいです！　わ、私を置いていかないでください！」

「過去最高にビビっているご城主様が愛《いと》おしくて♡」


この人たちは……。

こうなったら頑張るしかないじゃないか。

僕がやらなきゃ、三人が危ないんだ。

アイネに支えられて体の震えは止まっていた。

僕は冷たい雪に手を突っ込み、大きく息を吸う。

僕ら召喚者たちが持つのは理外《チート》の奇跡だ。

だったら、大切な人たちのためにこの危機をしのいでみせる！

「はああああああああああっ！」

白く揺らめくオーラが僕を包み、魔力が高まっていくのが感じられた。
うん、これなら緊急発注の大工事だってやり遂げられそうだ。
普段よりも大きく紫電《しでん》がほとばしり、大地に大量の魔力が吸い込まれていく。
気を抜けば崩れ落ちそうになりながら、僕は工事を続けた。

「ご城主様、これは何を？」

カランさんが聞いてくる。

「基礎工事の応用さ。雪の下の地面を掘削しているんだ。それと配筋もね。でも、僕がやっているのは欠陥工事もいいところ。穴は深すぎだし、配筋は天を向いて剥き出しになっている」
「つまりそれは……」
「しごく単純なトラップ。落とし穴さ」

さあ来い！

あと三歩だ。

あと三歩踏み出せばお前は奈落の底に真っ逆《まっさか》さまだぞ。

ズシーン！　ズシーン！

スノードラゴンは二歩踏み出したところで立ち止まった。

そして長い首を大きく後ろにのけぞらした。

「まずい、ブレスの態勢だ！」

この距離であのブレスを喰らえば万事休《ばんじきゅう》すだ。

いくら魔法触媒コーティングをした鎧だって防げないだろう。

「ドラゴンの喉を狙《ねら》え！」

スピーカーからエリエッタ将軍の声が響き渡る。

それに呼応して城塞の兵たちが一斉にスノードラゴンの喉をめがけて攻撃を仕掛けた。

爆散する無数の魔法攻撃と矢がブレスを放つ直前のスノードラゴンに一点集中攻撃を加えている。

スノードラゴンはたまらずにたたらを踏んだ。

そして、不用意に踏み出した一歩が僕の作った穴にはまった。

ギシャアアーーーーーーン！

スノードラゴンはバランスを崩して横滑りしながら穴の中へ落ちていった。

しばらくは大きな唸《うな》り声が響いていたけど、やがてそれも止んで、夜は静寂に包まれた。

僕たち四人は恐々と穴のふちに近寄る。

「うっわ、グロいなあ……」

細い鉄骨が何本もドラゴンの体を貫いている。

きっと自重《じちょう》で避けられなかったのだろうな……。

「し、死んだのでしょうか？」

珍しくカランさんの声が震えている。

「たぶんね……」

僕は城塞の方を振り向いた。照明がまぶしくてまともに目を開けていられない。

でも、戦いが終わったことを伝えたくてエリエッタ将軍に向かって手を振った。

「終わりましたよぉおおお！」

照明のせいでエリエッタ将軍たちの姿は確認できなかった。

だけど、すぐにスピーカーから将軍の声が聞こえてきた。

「タ、タケルがドラゴンを討ち取ったぞぉおおおおおお！」

あー、ハウリングがひどいな。

後で調整しておかないと。

城塞の右で誰かが叫んだ。

「タケル！」

城塞の左でも誰かが叫んだ。

「タケル！」

やがてそれは大合唱となり冷たい夜に響き渡る。

「タケル！」「タケル！」「タケル！」「タケル！」「タケル！」「タケル！」

「タケル！」「タケル！」「タケル！」「タケル！」「タケル！」「タケル！」


空を見上げると、いつの間にか月蝕は終わっていた。


ガウレア地方は久しぶりの晴天に恵まれていた。

太陽に照らされた雪景色はまぶしく、まともに目を開けていられないほどだ。

城塞の兵士たちは総出で穴の中のスノードラゴンの遺体を回収している。

ドラゴンから取れる素材は希少で、利用価値が高く、高値で取引されるそうだ。


「将軍、ご城主様、これを見てください！」

穴の中を調べていた兵士が僕たちを呼びにきた。

いったい何だというのだろう？

「これをご覧ください」

「うげっ！」


もう少しで吐いてしまうところだったよ。

僕が見せられたのはひしゃげた変死体だったのだ。

チラッとしか見なかったけど、頭らしきところに角が見えた気がする。

あれも魔物なのだろうか？


「魔人の死体のようだな」


エリエッタ将軍は臆《おく》することなく死体を検分している。

僕はそちらの方を見ないで質問した。


「魔人？　魔物とは違うんですか？」

「魔人は人型の魔物のことだよ。知能が高く、魔物を使役する立場にあるのだ。昨夜のスノードラゴンもこいつが操《あやつ》っていたのかもしれないな」

ひょっとしたらスノードラゴンに乗っていたのかな？

それで、バランスを崩したときに一緒に落ちて、上からドラゴンがのしかかる形になってしまったのかもしれない。

魔人がどれほどの力を持つかは知らないけど、これだけの質量のものに押しつぶされたらひとたまりもなかっただろう。

「銀の髪に山羊《やぎ》の角か……。ひょっとしたら、氷魔将軍ブリザラスかもしれないぞ」

「氷魔将軍？　なんだか強そうですね」

「七大将軍の一人だからな。数々の召喚者を返り討ちにしているのが七大将軍だ。タケルの同級生とやらも七大将軍には苦戦しているんだぞ」

そんな大物が？

それにしてはあっけなかった気がするけど……。

「運がよかったんだなあ……」

「運で片付けるなよ。きちんと調査してみないとわからないが、おそらくこれはブリザラスで当たりだろう」

僕は半信半疑だったけど、その後の調査で例の圧死体はブリザラスということが正式に判明した。

カランと報告書　【出世よりも】

王都から送られてきた書状の束《たば》を前にカランは満足のため息をついた。

どれもタケルの帰還を促《うなが》す、または命令するものである。

そこには宮廷魔術師長ラゴナ・エキスタをはじめ、軍務大臣や財務大臣からきた命令書もあった。


「きわめつけはこれよね……」


エンボス加工が施された紋章つきの手紙は国王から発せられたものである。

今回の戦果を知った国王が、直々《じきじき》に祝いの宴《うたげ》を催《もよお》すというのだ。

こうなればもうタケルの帰還は一刻の猶予《ゆうよ》もならない。


「潮時《しおどき》ね」


多くの召還要請に紛《まぎ》れて、カランへの辞令も一通交《まじ》っていた。

昇進の通達だった。

手紙には希望する部署への配属をかなえるともある。
まさにエリート街道への返り咲きだった。
だが、カランにその気はない。
もう少しタケルと一緒にいるつもりなのだ。
「出世もいいけど、ご城主様のそばもおもしろそう……」
カランは引き続きタケルの補佐役を続けたいという希望を報告書にそえた。

◆◆◆

部下から報告を受けた魔軍参謀フラウダートルは皺《しわ》だらけの目を閉じた。

「ブリザラスが討ち死にか……」

光り輝く城壁、音を伝える魔道具、そして急遽《きゅうきょ》出現した巨大なトラップ。
報告を聞く限り、ガウレア城塞に召喚者がいたとしか考えられなかった。
だが、あのような辺境に召喚者を置いておくとは、知恵者として知られたフラウダートルにも予測できないことだった。

「いかがしましょうか、フラウダートル様？　ブリザラス将軍の仇討《かたきう》ちということなら軍を編成して……」

フラウダートルはシミだらけの手を上げて部下の発言を制した。

「ひとまずはこのまま。先に情報を集める……」

その態度を見て部下はそれ以上なにも言わなかった。

フラウダートルに逆《さか》らってひどい目に遭《あ》うのは嫌だったのだ。

枯《か》れた老人の姿をしていながら、この魔人の力は魔王に次ぐと噂されている。

「ガウレア城塞のことはしばらく捨て置く。どうせ戦略的価値のない場所だ」

「はっ」

「だが、かの城塞にいるという召喚者の存在は気になるな。早急に調べるのだ」

部下は深々とお辞儀をして退室していった。

◇◇◇

ガウレア城塞ではエリエッタ将軍が大暴《あば》れしていた。

「いやだ、いやだ、いやだぁあああーっ！　全軍集結、タケルを保護するのだぁあああーっ！」

涙ながらに訴える将軍にみんなはドン引きだ。

「落ち着いてください、将軍」

「これが落ち着いていられるか！　タケルが……、タケルが、王都に帰還してしまうんだぞぉおおおーっ！」


そうなのだ。

なんだか知らないけど、王都ローザリアに帰ってこいという手紙が届いてしまったのである。

今さらなんだろうねえ？

カランさんが小さくため息をつく。


「もう少し引き延ばそうと思ったのですが、もう限界でした。王がご城主様のお力に大変な興味を示しておられます」

そういえば、王様に直接会ったことはないな……。


「それって、トイレや窓ガラスのこと？」

「もちろんそれだけではございませんが……。国王陛下は痔《じ》の気がございまして、治癒士が毎朝治療してさしあげるのですが、何故《なぜ》か追い付かないのです」

それで温水洗浄便座か……。

まあ、わからんでもない。

あと、スノードラゴンと氷魔将軍討伐のご褒美《ほうび》がもらえるんだって。

ローザリアに戻るにあたりセティアとアイネは一緒にくることになったけど、家族の居るグスタフとバンプスはここでお別れとなってしまった。

そして、城塞の責任者でもあるエリエッタ将軍とも……。

僕はエリエッタ将軍に向き直った。


「将軍、そう落ち込まないでくださいよ。僕だって悲しいんです」

「タケルのバカァ……。タケルには私のいちばん大切なものを捧げたのにぃ！」

「大切なもの！」


周りの兵士たちがザワザワしだす。


「いちばん大切なものって……あの夜の……」

「うん、真心……」

「そうですよね。一緒に城塞を守り抜こうって約束しましたもんね」

そして、協力して強大な敵を討ち果たしたのだ。

共に戦った戦友として僕らには特別な絆《きずな》が芽生《めば》えている。

僕の心の中には温かいものがこみ上げていたけど、周囲の将兵たちはあきらかに脱力していた。

きっと将軍の処女《しょじょ》を僕が散らしたと勘違いしていたな！

僕と将軍がただならぬ関係にあるなんて噂もあるみたいだけど、それは間違いだ。

将軍は僕と一緒にお風呂に入って、甘いものを食べているだけである。

あ、お風呂に入っている時点でただならぬ関係なのか……？


「僕の執務室と寝室、それからお風呂はそのまま残していくのでエリエッタ将軍が使ってくださいね」

「うん……うん……」

「キャビネットの中のお菓子《かし》を食べすぎちゃダメですよ」

「うん……うん……」

「必ずまた会いましょう。そのときまでお元気で」

「タケルゥ！　タケルゥウウウウウ！」

泣きじゃくるエリエッタ将軍を置いて、ソリは無情にも出発した。

◆◆◆

タケルを見送ったエリエッタは放心した様子で城内に引き返した。

ふらふらと辺りをさまよう様子は夢遊病《むゆうびょう》患者のようだ。

どこを見てもエリエッタの心に浮かぶのはタケルとの思い出ばかりである。

すべてが暖かく、楽しい思い出ばかりなのに、その優しさが今はエリエッタを苦しめていた。

いつまでも執務室に戻らないエリエッタを見て、副官が尋ねた。


「将軍、どちらにいらっしゃるのですか？」

「…………」

「将軍？」

「……城主室に行く。しばらく一人になりたい。誰も通すな」


力なくそう告げて、エリエッタは階段の上へと消えていった。

タケルの影を求めて寝室へやってきたエリエッタはベッドの上に腰を下ろした。

人との別れがこれほど寂《さび》しいと思ったことはいまだない。

視界の隅《すみ》に大好きなスイーツの入ったキャビネットが見えたが、食欲はまったくわかなかった。

ただ、キャビネットの上に置かれた紙を見てエリエッタは立ち上がった。

もしかして、タケルからの手紙？

弾《はじ》かれたようにエリエッタは立ち上がり、便箋《びんせん》を手に取った。

エリエッタ将軍へ

こんな形でお別れすることになり非常に残念です。もっと将軍といろんなことがしたかったな。春や夏のガウレアも案内してほしかったです。

この部屋は将軍が自由に使ってくださいね。でも、スイーツを食べすぎないように。まあ、将軍はよく体を動かしているからいっぱい食べても平気かな？

将軍やみんなとガウレアの地を守った経験は僕を大きく成長させてくれたと思います。本当にありがとうございました。

近いうちにメンテナンスに来ます。何らかの不具合が出てくるかもしれませんので。それまでお体を大事にしてください。元気のないエリエッタ将軍なんて嫌ですよ。まだまだ寒いので風邪に気を付けて。またお会いしましょう。

キノシタ・タケル

ぼろぼろと涙をこぼしながら手紙を読んでいたエリエッタだったが、メンテナンスという単語に心をとめた。

タケルはまたガウレアに来る……？

そうだ、これは永遠の別れではない、タケルはまたやってくるのだ！

エリエッタは袖《そで》でゴシゴシと涙をぬぐい、自嘲する。

我ながら感情の起伏が激しいものだ、相手は十八歳の少年だぞ。

それなのに私はどうしてこんなに……、どうしてこんなに苦しんでいるのだ？

不可解な感情の正体は戸惑いと共に判明した。

「こ……い……」

この私が……、ガウレア城塞将軍である私が、恋をした……だと……？

信じられない思いであったが、それ以外の答えはないような気がする。

そして時間が経てば経つほど、それは確信に変わっていった。

「メンテナンスまで待ちきれるだろうか?」

純粋な疑問がエリエッタの口をついて出た。

いっそこの剣で照明を破壊して、手紙で修理を依頼するのはどうだろうか?

腰の剣に手を伸ばしかけて、エリエッタは自制した。

タケルの作ったものを破壊するなんて許されない行為だと気が付いたのだ。

この剣はそんなことのためにあるのではない。

タケルが再びやってくるまでこの地を守り抜く、そのために存在するのだ。

「愛する男のために……」

口に出して言ってしまうとあまりに恥ずかしく、混乱したエリエッタはタケルのベッドへダイブした。

そしてもぞもぞと毛布《もうふ》に潜ってしまう。

「タケルの匂いがする……」

胸に残る悲しみは消えなかったが、ベッドの中は暖かかった。

いつかタケルが話してくれた、ヒートマットが利いているのだろう。

「これも工務店の力か……」

目を閉じるとタケルに包まれているような気になり、少しだけ心が安らいだ。
いなくなってから自分の気持ちに気づくなど、我ながらつくづく不器用だと思う。
だが、初恋の相手がタケルでよかった、エリエッタは心の底からそう思った。

あとがき

このたびは『きのした魔法工務店』をお買い上げいただき、ありがとうございました。

また、イラストを描いてくださったかぼちゃ先生、本書の発売にあたりご尽力を賜《たまわ》ったすべての方々に感謝申し上げます。ありがとうございました。


いろいろな意味で私は家を建てたことがありません！

ＤＩＹをすればトンカチで指をつぶすくらい不器用ですし、施主として新築マイホームを依頼するゆとりもありませんでした。

せいぜい中古住宅のリフォームをお願いしたくらいです。

雨漏りと水回りの修理で痛恨の一撃を喰らった次第です。

あの出費は痛かった……。

このように家を建てたことのない私ですが、もしも自分の家が建つのならどんなふうにしようかな、という夢はみます。

夢くらいみますよ、ラノベ作家なのですから。

書斎の間取りとか、落ち着いた居間とか、風除室のついた玄関とか、あんなのがいいな、こんな夢はどんどん広がります。

もしお屋敷が買えたなら……、もし館を建てるとしたら……、もしも城を建てるとしたら……

夢はさらに大きくなります。

城なら場所は小高い丘の上。

水捌けがよく、周囲が見渡せる場所がいいでしょう。

イギリスの古い小説の中で、由緒ある城はすべて街道沿いに建てられた、という記述を読んだ記憶があります。

私のお城も街道沿いがいいでしょう、絶対に便利だから。

使用人は五十人くらいかなあ？

きっと勇猛な騎士や、かわいいメイドさん、有能な家令なんかがいるのでしょう。

それから、腕の良い料理人だけは何としてでも確保しなくてはなりませんね。

食べることをおろそかにはできません。

人生の楽しみが半減してしまうから。

気持ちよく働いてもらうために、仕様人部屋も居心地よくするつもりです。

もちろん、自分の書斎や書庫は完璧に仕上げる予定です。

居間、食堂、寝室、ダンスホールとかもあった方がいいのかな？

踊ったことはないけど……。

夢はどこまでも暴走します。

暴走くらいしますよ、ラノベ作家なのですから！

この物語はこのようにして作られました。

そして、私の妄想はまだまだ広がっていきます。

どこまで行くのかは私にも見当がつきません。

読者のみなさまにおかれましては、さまよえるラノベ作家の空想を暖かく見守っていただければ、
これに勝る喜びはございません。

今後とも『きのした魔法工務店』をよろしくお願いします。

長野《ながの》文三郎《ぶんざぶろう》

きのした魔法工務店

KINOSHITA MAHO KOUMUTEN
isekai koho de saikyo
no ie dukuri wo

異世界工法で最強の家づくりを

GAノベル

きのした魔法工務店
異世界工法で最強の家づくりを

2023年11月30日　初版第一刷発行

著者　長野文三郎
発行人　小川 淳
発行所　SBクリエイティブ株式会社
〒106-0032　東京都港区六本木2-4-5
03-5549-1201　03-5549-1167（編集）

装丁　AFTERGLOW
印刷・製本　中央精版印刷株式会社

ISBN978-4-8156-2181-0
Printed in Japan

ファンレター、作品のご感想をお待ちしております。
〒106-0032　東京都港区六本木 2-4-5
SBクリエイティブ株式会社
GA文庫編集部 気付

「長野文三郎先生」係
「かぼちゃ先生」係

本書に関するご意見・ご感想は
下のQRコードよりお寄せください。
※アクセスの際に発生する通信費等はご負担ください。

https://ga.sbcr.jp/

試読版は
こちら!

試読版は
こちら!